소설가 구보 씨의 사은파티

소설가 구보 씨의
사은파티

이우상 소설집

도화

차 례

소설가 구보 씨의 사은파티

소설가 구보 씨의 사은파티*

올 것이 왔노라. 두려워 말라. 야훼의 목소리다. 늦었지만 당연, 필연, 운명이다. 살생부 리스트를 작성해야겠다. 신속하게, 침착하게, 냉정하게, 약간은 졸렬하게, 분류해야 한다. 혁명처럼, 반정처럼, 전광석화와 같이 해치워야 한다. 자잘한 인정에 흔들리면 바늘구멍으로 들어온 황소를 놓쳐버린다. 차단벽, 방화벽을 완벽하게 구축해야 한다.

핸드폰에 저장된 전화번호, 책장 구석구석에 찌라시처럼 굴러다니는 동문회, 종친회, 친목모임, 무슨 무슨 협회 등에서 날아온 각종 전화번호 모음을 찾아냈다. 요긴한 소식 한번 들려주지 않던 허무한 번호가 수백 개다. 그것이 세상과 소통하는 통로라고 여기며 소장하고 있다. 계륵 같은 것들. 그것들 없이도 숨 쉬는 데 지장 없건만 혹시나 해서 갖고 있는 불온한 기호들이다. 소중하다와 쓸데없다는 동의어다.

일에게 전화를 걸었다.

"어이, 일! 나 구보야. 잘 지내지?"

"어, 구보? 우짠 일이야?"

느긋한 오후 시간인데 급한 용무 중이라는 허접한 목소리다. 빨리 끊고 싶어 하는 냄새가 풍긴다. 아싸, 잘 됐다. 넌 간단하겠군.

"응, 근데, 오랜만에, 미, 미안한데,"

"요즘 대박 구상하고 있지?"

말을 돌린다. 예상대로 전개되고 있다. 주변의 소음까지 전해진다. 회의 중이라고 둘러대지 않는 것만도 고맙다.

"대박은, 뭐, 근데, 일아! 묻지도 따지지도 말고 오백만 빌려주라. 급해서 그런다. 딱 일주일 후에 따블로 갚을게. 묻지도, 따지지도 말고. 내 계좌번호는,"

"야 임마! 글 쓰는 놈이 급한 일이 뭐야. 그딴 얘기 하지 말고 시간 날 때 일원동 사무실로 와. 쏘주나 한잔하자."

일은 '쏘주나 한잔'으로 정리되었다. 죽마고우니 삼십 년 우정이니 하는 말은 꺼내지도 못했다. 사랑과 우정은 숲길과 같아서 자주 오가지 않으면 잡초 우거져 그 길이 없어지나니. 그럴까? 아니다. 오백이란 두 음절이 철벽을 쌓아버렸다. 각자의 팔뚝에 '영원한 우정'이란 문신을 새겼더라면 이러지 않았을까.

친구 사이엔 돈거래 하는 거 아니야, 임마!라는 훈계를 듣지 않은 것만도 다행이다. 우정은 술잔 나눌 상대가 궁할 때 필요할 뿐이다. 일원동 사무실은 일원어치밖에 안 되는구나.

이에게 전화를 했다. 이는 좀 버겁다. 경력이 화려했다. 정계, 관계, 재계 쪽에 끈끈한 연줄이 있음을 과시하고 다닌다. 화려하다가 아니라 화려했다, 과거형이다.

"의원 삼춘! 잘 지내시죠?"

"어? 작가 조카, 웬일이야? 마침 통화가 됐네. 전화기 자주 꺼 놓는데. 온갖 잡놈들 청탁이 지겨워. 듣도 보도 못한 놈들이 죽는 소리하면서 전화해댄다. 회의는 왜 그리 많은지. 여기저기서 불러대니 죽겠다. 담주엔 청와대 들어간다. 딱 뿌러지게 정리를 못하니 나만 불러댄다. 영혼이 없는 공무원들, 허황된 아이디어만 넘치는 시민단체들, 지겹다 지겨워. 팩트가 없고 비전은 오리무중이야."

예상했던 대로 의원 삼촌은 속사포다. 연락도 안 했는데 구보 씨의 신춘문예 당선 시상식장에 푸짐한 꽃다발을 들고 나타났던 삼촌이다. 구보 씨가 당선소감을 말하는 도중에 자리에서 화다닥 뛰어나와 마이크를 낚아채서 '내가 키운 조카입니다. 기분 댓낄입니다'라고 말해서 식장 분위기를 당혹스럽게 했던 삼촌이다. 평생 일방통행으로 살아온 행태가 여전하다. 멀쩡한 허우대와 오리무중인 일에 침 튀기는 풍경이 생생하게 다가온다. 청와대는 청담동에 있는 한정식집 이름일 것이다. 2차 발언 기회를 주지 않는다.

"근데, 뭔 일이야? 걍 안부는 아니지? 뭔 부탁? 빨리 말해."

"삼춘, 묻지도 따지지도 말고 지금 오백만 빌려주세요. 딱 일주일 후에 따블로 갚을게요. 묻지도…"

"어? 오백? 따지지 않겠다. 근데, 당장은 곤란해. 이태원 건물 말이야. 계약이 될 듯 될 듯한데 안 되네. 매수자가 계속 간을 보고 있어. 매매가 성사되면 오백 아니라 오천 바로 꽂아 주께. 그건 그렇고 사무실로 함 나와. 이태원에 아구찜 기똥차게 하는 집 있어."

나이 차가 열두 살인 열혈 삼촌은 '아구찜 기똥차게'로 정리되었다. 이태원 건물은 허수다. 이태원 어디 쯤에 있는지 모른다. 그놈의 건물은 참 오래도록 안 팔리고 있다. 사무실이 있기나 한 건지. 한번 의원은 영원한 의원이다. 병을 고치는 의원이 아니라 용산구 구의원 한 번 지낸, 영원한 의원이다. 주요 경계 대상이다. 구보 씨의 비밀을 알아채면 팔 걷어붙이고 돌진할 위인이다. 구보 씨도 짱구가 아니다. 그래서 두 번째로 전화했다. 허장성세로 살아온 삼촌의 내장은 얼마나 허기질까. 이태원 건물은 이천 년이 지나도 팔리지 않을 것이다.

삼은 누구로 할까? 쉽게 점지되지 않는다. 살생부 삼에서 동력이 떨어진다. 구보 씨는 쓴웃음을 짓는다. 살아오면서 미운 놈 셋을 만들지 못했다니. 치열하게 살지 못했구나. 적이 많아야 고지에 우뚝 설 수 있을진데. 칭얼거릴 셋을 얼른 집어내지 못하는 인맥 잔고가 서글프다. 차라리 은인 셋을 뽑는 게 낫겠다싶어 모드를 전환해도 역시 세 명을 얼른 떠올릴 수 없다. 적군과 아군이 없는, 회색인으로 살아왔는가. 시시한 궤적에 심란하다. 펼쳐놓은 전화번호와 이름이 뒤죽박죽되어 연상되는 캐릭터가 흐릿하다.

그래도, 핀셋으로 집어내야 한다. 그래, 삼은 이놈이다. 대학 후배 놈이다. 내 것도 내 것이고 네 것도 내 것으로 살아온 놈이다. 꼴같잖은 거드름, 호방함을 무기로 주변을 괴롭히는 이놈이 삼이 되기에 충분하다. 호방함으로 가장한 비열, 차근차근 따지고 들면 어수선한 큰소리로 뭉개버리는 게 특허다. 소식을 알면 이놈이 분명히 달려올 것이다. 인터넷사업을 한다고 들었다. 사이버 세계, 허공에 헛발질하며 살고 있다. 씨 한 톨 직접 심지 않고 수확 철이면 남의 들판에 달려들어 훈수 두고 챙기는 놈이다.

대학시절, 그 사건은 구보 씨에게만 사건이다. 그놈에게는 호탕한 일상이었고 다른 놈들에게는 키들거리며 놀아난 일탈이었다.

"형, 그딴 걸 가지고 뭘 그래. 노벨상 탈 분이 쪼잔하게!"

구보 씨는 대꾸할 말을 찾지 못했다. 노벨상, 쪼잔하게를 극복할 표현이 없었다. 참고, 인내하고, 대수롭지 않다는 표정으로 대응할 수밖에 없다는 걸 그놈은 알고 있었다. 비열, 교활한 놈이다. 허기를 해결할 수 있는 한 달치 양식을 강탈한 모진 놈이다. 할아버지가 물려 준 삼백만 평! 그놈이 내세우는 명함이다. 유복자로 태어난 덕분에 할아버지가 손자에게 증여했다는 제주도 땅 삼백만 평 앞에 모두 주눅 들어 있었다. 제주도의 절반쯤 될 거라고 수군거리는데 모두들 숨이 가빴다. 언젠가는 천지를 호령할 예비 재벌이라고 여기며 그놈을 외경하며 슬금슬금 눈치를 봤다.

삼백만 평의 위력이 구보 씨의 짠한 삼십만 원을 낼름 삼켜버렸다. 내막은 이렇다. 숨 죽여 가며, 지하 독서실에서 진을 짜내 쓴 소설이 대학문학상에 당선되었다. 상금 30만원을 그놈이 하룻밤에 탕진해버렸다. 몇몇 하수인을 대동하고 미아리 일대에 뿌려버렸다. 구보 씨는 삼백 원도 구경할 수 없었다. 시상식 날, 구보 씨는 독감을 앓았다. 영양부족, 운동부족, 산소부족, 부족은 독감을 깊고 깊게 했다. 그놈을 대신 시상식에 참가하게 했다. 며칠 후 그놈은 넓적한 상패만 내밀었다. 상금은 깨끗하게 써버렸다고 태연하게 말했다. 그놈에겐 대수롭잖은 추억, 구보 씨에겐 모호한 아픔이었다.

"어이 삼! 묻지도, 따지지도 말고, 오백!"

"어, 형! 쪼잔하게 오백이 뭐야. 오억이면 몰라도. 그 딴 부탁 일랑 하지 마요. 쪼잔하게."

삼은 '오억과 쪼잔'으로 정리했다. 그놈이 가진 제주도 땅 삼백만 평을 본 사람은 없다. 삼백 평만 잘라서 달라고 해 본 사람도 없다. 그놈의 뇌에는 추상이 현실로 고착화된 삼한시대 벽화가 그려져 있을 걸.

살생부를 잠시 멈추고 청사진을 그려야겠다. 푸른 사진, 푸른 그림, 숨소리가 푸르게 너그러워진다. 얼굴의 잔주름들이 파르르 떨리며 펴진다. 우선 사지를 자유롭게 움직일 수 있도록 작업실을 마련해야겠다. 구보 씨 자신의 사지는 물론 애물단지 책들의 사지를 편하게 해야겠다. 이사할 때마다 이삿짐센터 아저씨들에게 구박받는 책 덩어리. 피아노 옮기는 것보다 더 싫어한다. 피아노는 별도 비용을 받지만 책 덩어리는 무겁기만 하다. 쌓아두고 포개두고 팽개쳐두고, 책장이 빠개지도록 꼭꼭 쑤셔 넣어 두고. 책들의 사지는 만성관절염, 만성호흡곤란 중이다. 오래된 것들은 구보 씨에게마저 구박덩어리다. 대학시절 점심을 굶어가며 구입한 문고판 백 권, 제대로 읽지도 않으면서 창간호까지 구해서 저장하고 있는 현대문학, 문학사상, 창비 합본, 문장 영인본, 민족문화대백과사전. 청계천, 교보, 영풍, 동네서점에서 인질처럼 끌어온 단행본들, 저들은 무엇인가? 구보 씨에게 저들은 어떤 존재인가? 땅 삼백만 평은 없어도 책 삼만 권은 있다는 구차한 자부심. 갱지에서 풍기는 냄새는 더 이상 향기가 아니다. 지독한 곰팡내다. 저들에게 굴신의 자유와 산소를 줘야겠다. 자유에는 산소가 듬뿍 있으리!

　서울에서 한 시간 이내 거리에 작업실을 마련해야겠다. 부동산 정보를 얻겠다고 쪼잔하게 검색에 코를 쳐박을 필요가 없다. 오른손 손바닥에 침을 뱉어 왼손 검지와 중지로 탁 치니 동서남북 중 남쪽으로 침물이 튄다. 됐다. 차를 몰아 양평 쪽으로 갔다. 퇴촌을 거쳐 세월리에 벌건 간판을 내긴 부동산 사무실에 들어갔다. 간단한 요구사항을 말하니 적당한 물건이 있다. 꿈꾸던 전원생활을 견디지 못하고 주인이 떠나버린 빈 전원주택이다. 부동산 사장과 현장답사, 집주인이 초특급으로 달려오고, 계약서 작성까지 두 시간이 채 안 걸렸다. 묻지도 따지지도 않고 일시불로 복비 포함 오 억 지불, 끝. 머뭇거림, 망설임, 주저주저하며 살아온 이력이 한방에 나가떨어진다. 세월리에서 맘껏 세월을 희롱하리라. 머뭇거리는 자에겐 미래가 없다.
　시내에도 작업실이 있어야겠다. 양평엔 일주일에 두세 번 가고. 테헤란로에 오피스텔 마련. 이것 역시 전광석화로 십 억 지불. 부동산 사장의 표정과 화법은 세월리나 테헤란이나 똑같다. 어법에 맞지 않는 곡학아세가 춤을 춘다. 경주 최 부자, 빌 게이츠를 들먹이며 당신을 그들과 동일시하는 걸 제발 받아주시옵소서라고 애걸한다. 간단하게 대꾸하고, 식사대접, 차대접을 뿌리쳤다. 불편한 시간의 연장이 싫다.

　근처 인터콘티넨탈 호텔 커피숍으로 갔다. 이제 뭘 하지? 잠시 설계도를 만지작거렸다. 훈수 뜨는 놈들은 모두 사기꾼이다. 혼자 판단, 결정, 실행이다. 가방엔 아직 수표가 수북하다. 십 년간 주유소에서 받은 휴지보다 더 많다. 현찰만 바리바리 챙겨서 이동한 유병언이 불쌍하다. 수표를 쓸 수 없는 그의 말년 인생, 구더기들의 집단 총애를 받으며 풀숲에서 썩어간 그의 육신. 인생 차카게 살아야 혀. 자신에겐 가혹했지만 길에 가래침 한번 뱉지 않은 구보 씨의 인생 이력이 한없이 자랑스럽다. 참을 수 없는 존재의 홀가분함.

　넘버 포는 누구로 할까? 팍팍 떠오르지 않는다. 창작에는 몰두했으나 비평에는 미숙하다. 미워함에 익숙하지 않은 자신이 밉다. 그렇다고 긴장을 풀 수 없다. 아, 그래! 그년이다. 그년이라면 분명히 홀라당 벗고, 선새엥니임~이라고 소리치며 헐레벌떡 달려올 것이다.

　줄듯~줄듯~하면서 안 주는 년. 자기가 필요할 때만 선새엥니임하고 연락하는 년. 영양가 있는 다른 일이 생기면 약속 한 시간 전에 약속을 파기하는 년. 어쩌다 분위기가 무르익어 일이 될 듯하면 구보 씨에게 자꾸 술을 권해 만취시켜버리고 도망가는 년. 그녀에게 구보 씨는 일 순위가 아니다. 별로 필요하지 않지만 그냥 싣고 다니는 스페어타이어다. 보험제도가 부실한 시대엔 스페어타이어가 진가를 발휘했다. 보험이 발달한 지금엔 전화 한통이면 첩첩산골에서 발생한 펑크까지 해결해준다. 숫총각으로 살다가 폐차장에서 발견되는 스페어타이어도 많다. 그녀는 보험이 많다. 스페어가 많다. 그러나 이젠 아니다. 구보 씨가 보험들 차례다.

"어, 포! 안녕?"

버선발로 뛰어나와 받는 폼이 아니다. 가증스런 애교는 여전하다.

"어머, 선생니임?"

"묻지도, 따지지도… 오백만… 딱 일주일 후…"

"아이, 선생니임, 제게 뭔 돈이 있다고. 우리 이런 사이 아니잖아요. 제게 이러실 줄 몰랐는데…"

니가 사는 사십 평 아파트는, 니가 타고 다니는 벤츠 오백은 오백도 안 되냐. 역시 성공이다. 포는 '제게 이러실 줄 몰랐는데'로 수첩에 기록했다. '선새엥님이 내게 이럴 수 있어요?'라고 갚아주마. 불륜의 남녀관계가 식상해질 때쯤 떼어내는 비결은? 간단하다. 남자는 급한 사업자금이 필요하다고, 여자는 집에 혹은 친정에 급한 일이 생겼다고, 약간 버거운 액수의 돈을 빌려 달라고 요구하면 된다. 간단히 정리되고 이후엔 통화가 안 된 다.

　이참에 차를 바꿀까. 애용하는 BMW(Bus—Metro—Walking) 를 버리고 벤츠 육백을 살까? 사는 것은 어렵지 않은데 그걸 타 고 어딜 가나? 혼자 여행이나 다녀? 음주운전의 위험이 높다. 야타 해? 외제차 알아주는 시절도 아니니 폼 잡을 곳이 없다. 친구들 모임에 몰고 갈까? 식당 문 앞에서 기다리며 구경할 놈 도 없고 기사 딸린 차를 몰고 오는 놈들도 있다. 그럼 기사를 고 용해? 어이쿠, 머리에 쥐가 난다. 차안이라는 좁은 공간에 낯선 이가 있다는 건 고문이다. 수시로 맘이 변하는 구보 씨의 비위 를 맞출 기사도 없을 것이다. 더구나 지금은 운전기사 경계경보 발령 중 아닌가. 기사님 심기 꼬이기 해서 패가망신한 인사들이 연일 보도되고 있다. 구보 씨의 불규칙한 생활, 불평등한 처신, 불완전한 정서를 운전기사가 터뜨리면 소설가 구보 씨는 인간 쓰레기, 싸이코패스로 규정되어 감옥이나 유폐다. 그러니 기사 고용은 불가능하다. 글 쓰는 인간들 만날 때 몰고 가? 미친 놈 소리가 뒤통수에 오래오래 따라다닐 것이다. 에이, 차는 포기 다. 고물 지프와 BMW가 최고다. 영혼을 불편하게 하는 건 꽃 마차도 싫다.

다시 방어벽 구축작업에 들어갔다. 적들이 줄 서서 대기하고 있으면 이순신 장군이 왜적의 목을 베듯 하나씩 싹뚝싹뚝 잘라 버리겠는데. 어지러운 인맥구성에서 배타적 경계수역을 설정하고 털어내는 것이 갈수록 어려워진다. 차라리 홀홀 털고 전말을 밝히고 오랑캐처럼 밀려오는 그들을 맞이하고 싶다.

오는 '어어어, 마누라한테 물어보고 다시 연락할게.'

언제라고 되묻지 않았다. 시대 조류에 순응하며 성실하게 사는 놈. 죽을 때도 마누라에게 물어보고 죽어라. 오줄없는 새끼야!

육은 '닌 카드도 없냐?'라고 짜증낸다.

친절하게 돌려막기 기법까지 알려준다. 그러고 보니 구보 씨에겐 카드가 없다. 신용은 있지만 신용카드가 없다. 국가에 공을 세운 일이 없어 유공자카드가 없다. 육신이 멀쩡해 장애인카드가 없다. 오래 묵은 전화카드, 오백 원 환불받기 귀찮아 그냥 가지고 있는 지하철카드, 반납하지 않은 국립도서관 도서대출카드는 있다.

칠은 '니 사업 시작했냐? 걍─ 소설이나 써. 임마!'라고 윽박지른다.

내 소설책 한 권이라도 사봤냐. 가끔 만나면 요즘 책 낸 거

있냐? 있으면 보내줘 봐, 라고 하는 놈. 보내줘도 읽지 않을 놈. 읽어도 무슨 소린 지 모를 놈. 허구가 뭔지도 몰라 사실관계, 체험의 정체를 꼬치꼬치 캐묻는 놈. 골프의 어원도 모르면서 골프 치는 놈. 칠칠맞다는 말도 아까운 치사한 놈.

팔은 '요즘 출판시장 아시잖아요. 에이, 선생님 인세 밀린 것 때문에 그러세요? 조금만 기다려주세요.'라고 징징거린다.

구보 씨의 책을 내서 꽤 팔린 출판사의 여사장이다. 투자 어쩌구하는 말을 들은 적 있어 전화를 했다. 조금만이라고 했지 언제까지라고는 말하지 않는다. 그녀를 키운 건 팔할이 기다려주세요일까.

팔과 통화한 후 저장된 아이디어가 번쩍 솟구쳤다. 오래된 농담이 실현되는 순간이다. 급히 황 반장에게 전화를 했다.

"황 반장, 출판사 차리자. 건물부터 알아봐. 파주 출판단지는 너무 멀어. 신사동이나 신촌 쪽으로. 전망 좋은 팔 층짜리 통건물로. 남는 사무실은 임대하고. 똑똑한 직원 몇 명 스카우트하고."

"얍! 알았슴다. 형님!"

진행은 일사천리다. 현금 박치기의 위력이다. 원고 들고 외판원처럼 출판사에 기웃거릴 일, 메일로 원고 보내놓고 목 빼고 회신오길 기다리는 시간이 이제 필요 없다. 바로 책을 내면 된다. 묵은 원고들이 터진 둑으로 콸콸 흐를 것이다.

황 반장은 영혼이 해맑은 시인 겸 출판 낭인이다. 아이디어, 기획력, 추진력, 예지력은 있으나 출판사 사장과의 불화에 괴로워하는 인재다. 사장이 아닌 머슴의 한계 때문에 그의 기획은 번번이 좌절된다. 그러면 그는 책상을 정리하고 나온다. 오 년 전, 만해마을 문인집필실에서 그를 만났다. 식사시간에만 만나는 어색한 종족들을 아우르는 역할을 그가 했다. 자연스레 그의 호칭은 황 반장이 되었다. 묵언 수행하는 시인, 눈 마주치기 싫어서 규정된 식사시간을 살짝 피해 식사하는 시인, 불후의 명작을 쓰고 있다는 냄새를 팍팍 풍기는 소설가, 입주 신청 후 짐만 잔뜩 부려놓고 출타가 심한 수필가, 청탁 마감이 임박했다고 얼굴을 볼 수 없는 평론가, 저명인사와 친분이 두텁다는 걸 안달하며 발설하는 시인, 자기 방 앞을 지나갈 땐 발자국 소리 내지 말라고 인상 쓰는 소설가 등등 구성원이 다양했다.

한 지붕 밑에서 한솥밥 먹는 의미를 각성시킨 게 황 반장이었다. 황 반장의 비상소집에 출석률 구십 퍼센트였다. 서로 어색함을 털고 싶지만 고양이 목에 방울 달기는 싫어하는 호모 사피엔스에게 황 반장의 헌신을 모두 기꺼워했다. 번개팅이란 게 별거 아니었다. 단체로 산책하기, 근처 용대리 황태구이 정식 먹기, 소나무숲에서 맥주 마시기, 용대리 군인아파트에 있는

PX 쇼핑하기 등이다. 구보 씨가 황 반장과 밀착된 것은 설악산 등반이다. 오세암을 거쳐 마등령을 넘는 당일 코스에 구보 씨, 황 반장, 평론가 P, 정예요원 세 명이 참가했다. 주먹밥, 라면, 캔맥주를 챙겨 실행한 열 시간 산행은 뿌듯했다. 더욱 감동은, 숙소에 있던 동지들이 승용차를 몰고 하산 지점인 신흥사 입구까지 마중을 나온 것이다. 속초 물회집에서 뒷풀이를 했다. 어색한 모래들이 끈끈한 문학동지임을, 이 시대 불우한 원시수공업 동업자임을 확인했다.

그 후 황 반장이 근무하는 출판사에서 책을 낸 인연으로 구보 씨와 의기투합했다. 언젠가 우리끼리 출판사 차립시다. 내고 싶은 책 시원시원하게 냅시다. 수줍은 작가들의 곰삭은 원고를 찾아내서 선인세 주면서 책을 내줍시다. 언젠가가 바로 지금이다.

신사동에 팔 층 건물을 구입했다. 건축가가 신경 써서 설계한 아담한 건물이다. 융자 없는 현금 백억이 진행을 순조롭게 했다.

"난 그냥 핫바지야. 기획, 출판에 일절 간섭하지 않을게. 황 반장이 알아서 해. 명함도 알아서 만들어. 대표이사든 기획실장이든 뭐든. 난 가끔 나와서 차 마시고 방에서 원고나 쓸게."

"얍! 형님 아니 대표님!"

"이참에 문인창작실도 만들까? 팔 층 리모델링하면 방 열 개는 만들 수 있지? 호텔 수준으로 리모델링해봐."

창작실 낭인들이 생각나서다. 탑텐에 들지 못하는 우울한 문인, 갓 등단해서 발버둥치며 글을 쓰는 젊은 작가들. 편하게 글을 쓸 수 있는 지상의 방 한 칸이 없어 괴로워하는 작가들. 전국에 몇 군데 있는 창작실 입주 신청해서 심사 통과해야 입주한다. 지명도 높은 이들이야 우선 혜택이 있겠지만 그렇지 못하면 설움을 입어야 한다.

"문화예술위원회 지원 같은 건 신청하지 마. 우리끼리, 민족자본으로 이 땅의 우울한 문인들을 접대하자고. 편하게, 맘껏 글 쓰고 놀 수 있는 공간 말이야. 각방 냉장고엔 항상 각종 술 꽉꽉 채워놓고. 근처 식당 몇 군데 전속계약하고."

"얍, 알았슴다."

미국 근처에도 가보지 않았지만 황 반장을 얍을 참 좋아한다. 간사한 느낌을 주는 예스보다 듣기 좋다. 한 번도 모호한 발언, 미적거리는 답변을 하지 않은 황 반장이 참 좋다.

구는 '나 지금 공항이야. 미국 출장 간다'라고 한다.

언제 돌아온다. 돌아와서 연락한다는 말도 없다. 오백만 원의 위력이 세긴 세다. 요즘엔 지하철 타고 미국 가냐? '다음 정차역은 압구정, 압구정역입니다, 미모나꾸 압구정, 압구정 에끼

데스'라는 방송이 들린다. 쟈철 타고 미국 잘 갔다 와, 오백 원 짜리 동전만한 찌질아. 거절할 때 요긴한 게 공항이라고 둘러대는 건 알 만한 사람은 다 알아. 지하철 안내방송과 공항 안내방송을 구별하지 못하는 놈에게만 써먹어. 변명은 구구하지 않게, 구차하지 않게 해라. 구렁이보다 못한 놈.

　번호가 이어질수록 뿔따구가 난다. 잘못 살아온 건 그들이 아니라 구보 씨 자신이 아닌가라고 고개가 갸우뚱해진다. 전화 멘트를 바꾸고 싶다. '묻지도 따지지도 말고 계좌번호 불러. 오백 바로 꽂을게'라고.

　십, 십일, 십이의 반응은 별 특징 없이 비슷했다. 오백만 원이 어마어마한 천문학적 숫자인 모양이다. 한치 앞, 일주일 후를 못 보는 인간들아! 그걸 노린 거다. 구보 씨가 리스트를 정리하려고 할 무렵, 십삼에서 이변이 일어났다. 십삼이 행운의 숫자인가. 오늘이 금요일인가. 문경읍에서 고등학교 윤리교사를 하고있는 놈이다. 중고등학교 시절 학교짱, 동네깡패였던 놈이다. 그놈에게 삥땅 뜯긴 게 꽤 된다. 그의 화법은, '야아, 오백원만 빌려주라'였다. 언제 갚는다는 말은 없다. 겁에 질려 슬슬 눈치 보며 오백원 준 게 수십 번이다. 오백 번은 안 된다. 물가상승률, 복리이자로 계산하면 오십만 원이 될지도 모르겠다. 부채상환에 대한 욕구도 생기고 그놈의 반응이 궁금해서 전화를 했다. 불가사의하게 그는 지금 윤리선생이다. 그의 대답은 대단히 윤리적이었다.

"응, 알았다. 소설가라고 이슬만 먹고 살겠니. 급하긴 급하나 보다. 시골구석에 있는 선생한테 돈 꿔 달라니. 알았다. 하루만 시간 다오. 주택청약통장 깨서 보내 주께. 여기 사니까 아파트 분양받을 일 없다. 그냥 갖고있는 통장이니 깨서 보내주께. 계좌번호 불러."

십삼 인의 아해가 무섭지 않네. 당황을 감추고 계좌를 불러 주고 문자로도 찍어 주었다. 십삼의 이름을 무어라 기록해야하나? '갸륵한 윤리통장'이라고 적었다. 오백 만원 전화 행진도 멈췄다. 오늘이 금요일이구나. 십삼일의 금요일은 아름다워라.

화불단행, 나쁜 일은 혼자 오지 않는다. 마찬가지다. 복불단행, 복도 혼자 오지 않는다. 느닷없이 의원 삼촌에게서 전화가 왔다.

"소설가 조카야! 곰곰 생각해봤는데, 자존심으로 사는 조카가 오죽했으면 돈 빌려달라고 나한테 연락했겠어. 그래서 용단을 내렸다."

"이태원 건물 팔렸어요?"

"그건 아직. 그거 아니래도 나한테 그 정도 능력은 있어. 계좌번호 빨리 불러."

이상하다. 냄새를 맡았나보다. 내가 신사동에 건물 산 걸 알았나보다. 예상못한 역습이다. 어떡하나? 강적이 역공으로 나왔으니. 좀더 강한 철벽을 쳤어야했는데. 진땀이 난다. 오백의 따블, 천만원을 갚는다고 깔끔하게 물러설 삼촌이 아니다. 비밀이 탄로 나면 삼촌은 아예 구보 씨의 안방, 작업실, 출판사를 점령할 것이다. 좋은 말로 매니저를 자처하며, 구보 씨를 밀치고 모든 것을 휘어잡고 흔들 위인이다. 유창한 언변과 넉넉한 풍채, 휘하에 깍두기 조직도 있다. 어리버리한 구보 씨는 섭정을 밀쳐낼 재간이 없다. 수양대군의 처분을 기다리는 단종 신세가 될 것이다. 삼촌, 제발 내가 하고 싶은 거 하게 해줘요. 조카, 소설가 조카, 세상물정 모르잖아. 세상은 정글이야. 사기꾼, 협잡꾼, 조폭, 이상한 단체들 투성이야. 미인계의 돌진은 또 어쩔려고 그래. 나한테 맡겨. 내가 전하의 보위를 굳건히 지켜드리오리다. 전하 주변에 얼씬거리는 협잡꾼들을 단칼에 처단할 것이옵니다. 전하, 신을 믿어주시옵소서. 어떤 전략, 언변도 구사할 수 있는 삼촌이다. 문약한 구보 씨는 결국 모든 걸 포기할 것이다.

"삼촌, 저 지금 공항인데요. 답사팀에 붙어서 아프리카 가요. 세렝게티 국립공원 알죠? 탄자니아에 있는 거."

"몇 시 출발 비행기야? 딸라 싸들고 바로 인천공항으로 갈게."

"여기 출국장 면세점이에요. 이십 분 후에 출발이고요. 한 달 후에 돌아와 연락드릴게요."

"짜아슥, 진즉 말하지. 나한테 딸라 좀 있는데. 오만불 쯤 줄 수 있는데."

구보 씨의 순발력에 구보 씨 자신도 놀랐다. 커피숍에 구내방송이 없어 다행이다. 한 달의 시간을 벌었지만, 한 달 간 삼촌의 안테나를 벗어나 투명인간이 되어야하는 숙제가 던져졌다. 뛰는 놈 위에 나는 놈, 나는 놈 위에는? 구보 씨는 아직 뛰지도, 날지도 못하는데. 겨우 빌빌 기고 있는 상태인데.

기부! 마지막에 생각난 것이 기부다. 기부가 마지막에 생각난 영혼의 졸렬함이 밉다. 구보 씨는 주먹으로 자신의 머리를 쥐어박았다. 어디에, 누구에게? 머리에 쥐가 난다. 익숙하지 않은 행위다. 행동해보지 않은 관념이다. 언론보도로만 알고 있는 추상이다. 해본 적도 없고 목격한 적도 없다. 대기업의 기부 행위는 그저 그런 일상, 평생 모은 재산을 대학에 기부하는 할머니의 행위는 보상심리로 여겼다. 구세군 자선냄비 앞을 지날 땐 걸음이 빨라졌다. 구보 씨의 뇌는 이미 화석화되어 버렸다. 따뜻함, 유연함, 너그러움, 배려라는 단어는 흔적이 없다. 보물찾기, 고고학자의 심정으로 기부를 찾아 나섰다. 그나마 기억에 남는 것이 전주 동사무소에 연말마다 몰래 나타나 쌀가마니, 돈

뭉치를 두고 가는 얼굴 없는 천사에 대한 보도다. 비슷한 흉내를 내야겠다.

여기서도 일련번호가 필요할 것 같다.

1은 초등학교. 여분으로 가지고 있는 자신이 쓴 소설책에 10억짜리 수표를 끼워 등기로 보냈다. 주소와 발신인은 적당하게 썼다. 시골에서의 아련한 추억과 큰 차별 없는 유년시절을 보내게 해준 데 대한 감사다. 교장 선생님께, 유용하게 사용하십시오. 컴퓨터 구입, 급식은 나라에서 잘할 것이고, 어디에 쓸까 고민해서 사용하십시오. 제 머리로는 떠오르지 않습니다. 선생님들끼리 분빠이해서 따까마시하지는 마시고. 그렇게 한다 해도 저는 알 길이 없습니다. 저는 11회 졸업생입니다.

2는 중고등학교. 역시 소설책에 오억짜리 수표를 끼워 보냈다. 교장 선생님께, 등록금 오천 원을 못 내서 교실에서 쫓겨난 적 있습니다. 당시엔 어쩔 수 없는 조치였겠지요. 나를 쫓아낸 선생님도 얼마나 가슴이 아팠겠습니까. 유용하게 사용하십시오. 선생님들끼리 분빠이하지 마시고. 저는 2회 졸업생입니다.

3은 대학교. 5만 원권으로 현찰 3억과 소설책 한 권을 택배로 보냈다. 총장님, 학교 발전기금입니다. 장학금 한 번 받지 못한 우울한 문학 지망생에게 장학금으로 쓰면 좋겠습니다.

4는 문학단체 네 곳. 5만 원권으로 4억씩 택배로 보냈다. 소설책은 동봉하지 않았다. 문학상의 상금이 너무 적습니다. 부익부빈익빈입니다. 상의 쏠림 현상이 심합니다. 꽃송이, 꽃다발, 화환이 특정인사에게만 쏟아지네요. 그들은 감당과 처치가 힘들겠지요. 뷔페식당에서 방금 나오는 이에게 다시 한정식을 안기는 꼴이니 난감하네요. 이런 과유불급, 과공비례를 어찌하오리까. 따끈한 된장찌개 백반이 필요한 이에게 상금으로 써주세요. 지인들에게 한턱내는 축하 술값이 넉넉하도록 상금을 주세요.

5는 문예지 다섯 곳. 5억씩. 문학상을 경영의 수단으로 삼는 고통에서 잠시 해방되소서. 편하게, 투명하게, 정말 오랜만에 허심탄회하게 상금을 쓰세요. 후련하실 겁니다. 편한 잠을 이룰 수 있을 겁니다.

이젠 발로 뛰자. 아프리카까지는 갈 수 없고 주변부터 챙기자. 5만원권 1억을 천만 원 단위로 검은 비닐봉지에 싸서 배낭에 넣었다. 부피가 적당하다. 밤 열 시 이후 동사무소 앞, 파출소 화단에 한 봉지씩 슬쩍 놓았다. '어려운 이웃을 찾아 도와주십시오'라는 쪽지와 함께.

크리스마스 시즌이 아니어선가. 야행은 3일 만에 종결되었다. 파출소 앞 작은 철쭉꽃 밑에 슬쩍 검은 봉지를 놓는 순간, 순찰차가 도착했다. 불심검문이다. 파출소 안으로 연행. 소지

품 검사. 배낭에 남은 천만 원 봉지 세 개, 맥가이버칼이 문제가 되었다. 칼은 배낭에 항상 넣어두는 것이다. 신분증도 없다. 어디서 훔쳤냐, 빨리 말해. 반말에 황급히 수갑을 채운다. 이웃돕기 한다는 말에 경찰관들이 우르르 둘러싸서,

"귀신 씨나락 까먹는 소리하네. 미친 놈 아냐."

"야야, 빨리 본서로 넘겨. 위조지폐 아냐?"

메모지에 쓴 글과 필적대조해보시라는 말에,

"이거, 단순절도 아니네. 지능범이네. 필적대조? 일단 여긴 국과수가 아니고, 그딴 메모 당장 수백 장 만들 수 있어."

순찰차에 무임승차하여 본서로 갔다. 취객, 목소리 큰놈이 우선이다. 수갑을 찬 채 새벽까지 구석 의자에 앉아 있었다. 국민은행 지점에 가면 내가 인출한 것을 알 수 있다고 해도 귀담아듣지 않는다.

"국민은행? 좋아하네. 하기야 댁도 국민은 국민이고 돈은 은행에서 나오지. 야, 은행 털렸다는 신고 없냐? ATM기 털렸다는 신고는?"

수갑 찬 채로 밤을 꼬박 새우고 국민은행 직원이 출근해서야 상황이 종료되었다.

"이거, 원, 죄송해서. 좋은 일에는 거~ 머시라~ 나쁜 게 낀다고. 호사다마라고하나요, 선생님. 대신 저희가 해장국 대접하겠습니다."

"해장국값 수사비에서 나옵니까?"

"에이, 그런 거까지는 안 나옴다."

미처 철쭉꽃 밑에 숨기지 못한 검은 봉지에서 구보 씨는 5만 원권 두 장을 꺼내 그들에게 주었다.

"치열한 직업정신에 경의를 표합니다. 이걸로 야근한 직원들 해장국 드셔요. 언론에는 피차 알리지 맙시다."

검은 봉지는 담당 형사에게 건넸다.

"이건 이왕 드릴려고 한 거니 파출소에 전달해 주시고요. 배달사고 없길 기원합니다."

"아유, 선생님! 민주경찰이 그럴 리 있습니까."

그들의 표정이 환해졌다. 구보 씨도 잠을 못자서 어질하지만 얼굴이 환해졌다. 산타는 아무나 하는 게 아닌 모양이다. 계절도 겨울이 아닌 봄이고.

6을 찾지 못한 게 참 아쉽다. 신세를 갚고 싶었는데. 여기저기 수소문해도 현 위치를 아는 자가 없었다. 증발, 소멸, 산화 중 어느 것인지. 6은 소설가 구보 씨의 내색않는 후원자였다. 6의 마지막 직함은 증권회사 지점장이었다. 붉은색에 도취되고 푸른색에 경악하는 생활의 연속에서 불행하게도 그는 무너지는 동아줄을 잡았다. 바이코리아 광풍이 그의 몸과 영혼을 박살냈다. 서울역 노숙자 그룹에서 본 적 있다는 소식을 마지막으로 그는 증발했다. 성직자처럼 온화하게 생긴 놈이 업종을 잘못 선택했다. 내노라하는 타짜도 나가떨어지는데 식칼 들고 미사일과 싸워 이길 수 없다. 이혼, 가족해체, 노숙자, 행방불명은 그 바닥에 흔한 일임을 미리 알지 못했다. 잘나가던 지점장 시절, 가끔 구보 씨에게 품위유지하라고 은밀하게 찔러준 용돈은 단위가 컸다. 구보 씨가 책을 출간하면 육백 권씩 무더기로 사서 자기 주변에 뿌렸다. 그는 증발했지만 구보 씨의 책은 누군가의 책장에 남아있을 것이다. 지금 할 일은 방어벽이다. 보은 리스트 정리는 담 기회로 미루자. 이름하여 '소설가 구보 씨의 사은 파티'. 거긴 일련번호가 600까지 이어지길.

모래 위에 집을 지어도 설계도가 있어야 한다. 집 지을 모래 땅도 없지만, 설계도 작성엔 종이와 펜만 있으면 된다. 구보 씨에게 펜과 종이 정도는 넉넉하게 있다. 설계도를 미처 그리지 못해 폐인이 된 사례가 수두룩하다. 구보 씨는 오랜만에 쾌면했다. 꿈도 꿨다. 악몽이 아니었다. 전현직 한국, 미국 대통령이 등장했다. 단군 할아버지는 까메오로 출연했다. 그들은 구보 씨에게 황금 돼지 여섯 마리를 정중한 자세로 바쳤다. 황금돼지의 뱃가죽에는 각각 큼직한 숫자가 쓰여 있었다.

천기누설에 대한 형벌을 감수하며, 2004회 나눔 로또복권 단

독 1등. 구보 씨 차지다. 역대 최고금액 888억. 세금 공제하고 666억. 당첨번호는 구보 씨 인생역전, 8, 9, 10, 22, 33, □! 보너스번호는 13이다. 단군 할아버지께서 라운드걸처럼 13이 쓰인 번호판을 들고나와 구보 씨에게 던지고 퇴장했다. 눈 밝은 자는 참여할 것이고 냉소와 비아냥, 머뭇거림을 천직으로 여기는 자는 그냥, 지금, 이 꼴로, 인생역전 한번 못하고 종생하리.

소 치는 다니야가 말했다.

"나는 이미 밥도 지었고 우유도 짜놓았습니다. 마히강변에서 아내와 함께 살고 있습니다. 내 움막은 이엉이 덮이고 방에는 불이 켜졌습니다. 그러니 신이여, 비를 뿌리려거든 비를 뿌리소서."

구보 씨는 붓다의 음성을 듣고 잠에서 깼다. (*)

* 제목은 박태원, 『소설가 구보 씨의 일일』에서 일부 차용했음을 밝힙니다.

나팔과 잣대가 있는 풍경

나팔과 잣대가 있는 풍경

'경찰서와 병원은 평생 안 가도 된다.'

무지렁이 집안에서 가훈 아닌 가훈으로, 유언 아닌 유언으로 구비전승되는 구절이다. 송사와 병치레는 집안 말아먹기 딱 좋은 이벤트다. 친인척 다 뒤져도 순사 꼬투리 하나 없고 사돈팔촌을 까집어도 의사 선생 하나 없는 처지라면 그 말씀을 금과옥조로 삼아야 만수무강을 누린다.

조사실의 분위기가 숨 막히게 했다. 좁은 통로를 사이에 두고 양측으로 철제 책상이 늘어서 있고 자욱한 담배연기, 수북한 쓰레기, 불티 소리 내는 타자기 앞에 앉아 소리를 빽빽 지르는 가죽잠바들. 껍질이 내용을 지배한다는 낡은 구호를 믿고 싶었다. 치렁치렁한 쇠붙이로 장식한 경찰 제복 따위를 가소롭게 여겼는데 지금은 그게 오싹하게 두렵다. 찌들고 일그러진 모습이 오히려 공포감을 조성한다는 걸 그때 처음 알았다.

　거물이라면 욕실 딸린 방에서 빤빤한 탁자 위에 팔을 기대고 조사를 받을 터인데 내 동생 윤발이는 기다란 나무 의자에 쭈그리고 앉아 있었다. 영어를 처음 배울 때 벤치(bench)라고 배웠던 바로 그 의자다. 호기는 짧고 후회는 길었다. 녀석은 형장에 끌려갈 사형수처럼 풀이 죽어 있었다. 나 역시 사태파악을 못한 상태였고 내 주변엔 자문을 구할 법무사 영감탱이 하나 없다. 괘씸죄가 추가되지 않는 게 최선이라는 생각뿐이다.

　"어떻게 된 거야?"

　가죽잠바들은 조사받는 상대를 후려칠 기세로 업무를 보고 있다. 그들의 눈치를 보며 기어들어가는 목소리로 녀석에게 물었다.

　"어이! 거기 뭐야?"

　시든 할미꽃처럼 대가리를 숙이고 있는 윤발이의 대답을 들을 새도 없이 저쪽에서 고함이 날아왔다. 털털거리는 타자기에 머리를 박고 자기 일에만 몰두하고 있는 줄 알았는데 그게 아니었다.

　"아,예, 이놈 형입니다."

　"형? 형이 왜왔소?"

　분명히 그들의 연락을 받고 택시를 타고 달려왔는데 왜왔냐고 질책한다.

"아, 예, 보호자 오라는 연락을 받고…"

무슨 죄를 지었는지 몰라도 지금은 머리를 숙이고 공손한 말씨를 구사해야 된다. 머리가 팩팩 돌아갔다.

"아니, 보호자면 담당을 찾아야지. 왜 피의자와 숙덕거리는 거요?"

"아, 예, 무슨 일을 저질렀는가 알아보려고…"

그 날 밤 나는 '아, 예,'를 수십 번 반복했다.

"기다려요! 담당이 사고 현장에 급히 갔으니."

사고! 현장! 긴장감과 압박감이 어깨를 짓누르는 언어들이다. 머리를 처박고 있는 걸로 봐서 이놈이 틀림없이 큰일을 저질렀구나. 크게 망할 것도 없지만 패가망신을 각오해야겠구나. 미친 놈! 비빌 언덕을 보고 지랄을 하지. 뭘 믿고 이런 데까지 끌려와. 대가리를 처박고 곁에 앉아 있는 동생이 썩은 거름무더기보다도 하찮았다. 수거함에도 들어가지 못하는 젖은 헌옷 같다. 나까지 죄수로 만들어야 속이 시원하냐. 녀석의 머리통을 쥐어박고 싶었다.

그때, 사파리 차림의 젊은 사내가 검은 노트를 들고 사무실로 들어왔다. 조심스레 빼꼼히 문을 열고 들어왔던 나와는 달리 그는 문소리를 덜컹 내며 세차게 들어왔다. 말도 없이 주변을 신속히 훑어보는 눈매가 매서웠다. 문소리에 실내에 있던 가죽잠바 사내들과 책상머리에 하나씩 매달려 조사를 받고 있던 자들의 시선이 그에게 쏠렸다.

"아이고! 김 기자! 어째 여기까지 오셨수?"

가장 안쪽 벽에 자리가 배치된 반장이 먼저 웃음을 듬뿍 섞어 인사를 건넸다.

"뭐어, 건질 거 있습니까?"

"에이, 우리 같은 찌끄래기 부서에 꺼리가 뭐 있겠소?"

20대 후반으로 보이는 사파리는 바닥이 울리도록 구둣발 소리를 내며 반장의 책상 쪽으로 갔다. 허리를 굽혀 소곤거리더니 그들은 큰소리로 함께 웃는다. 서걱거리는 금속음만 횡횡하는 실내에 오랜만에 듣는 웃음소리였다.

"회의가 있어 먼저 나갑니다. 김 기자! 훑어봐야 나올 거 없습니다. 언제 대포나 한잔합시다."

반장은 의자 등받이에 걸쳐놓았던 가죽잠바를 걸치고 사무실을 빠져나가 버렸다. 반장이 나가자 기자 양반은 책상 이곳저곳을 거칠게 뒤졌다. 수북하게 쌓아놓은 서류를 우르르 무너뜨리며 뒤적거렸다.

"아니 왜 이래요?"

여기저기 올려져 있는 서류뭉치를 마구잡이로 뒤적거리자 젊은 축에 드는 가죽잠바가 항의했다.

"방금 뭐라고 했어요오? 왜 이래, 왜 이래,라고요오?"

"언제 왜 이래라고 했습니까?"

"이거, 이거, 안 되겠네. 맛좀 봐야겠네. 요새 약빨 떨어지셨나?"

"맛은 무슨 맛을 보인다고 그러십니까?"

나이가 엇비슷해 보이는 그들의 언성이 높아지려는 순간 건너편에 있던 대머리 가죽잠바가 끼어들었다. 좌석 배치로 보아 차상급자 쯤 되는 모양이다.

"아따! 김 기자! 잘못 들었소. 그렇게 말할 리 있나. 에이! 신 형사도 그만해."

그들의 다툼은 더이상 확대되지 않았다. 서류를 몇 권 더 뒤적거리더니 지하철 속 불법 판매원 같은 인사말을 남기고 그는 나가버렸다.

"여기 억울한 분 있습니까? 저는 민중일보 사회부 기잡니다."

책상에 붙어있던 서너 명의 사내들도, 소파에 대기하고 있는 동생을 포함한 다른 사내들도 말이 없었다.

"억울한 일 있으면 언제든지 연락 주십시오."

잠시 소란을 피워 죄송합니다. 가시는 목적지까지 안녕히 가시고 편안한 여행되십시오. 충성! 그러한 말이 연이어 튀어나올 것 같았다. 사회부 기자 누구인지 연락하고 싶다면 어디로 해야 하는지 구체적인 메시지는 없었다. 흔해빠진 명함 한 장

던지지 않고 문소리만 요란스럽게 울리며 나가버렸다. 그가 인사말을 남기지 않은 것처럼 사무실에 남아있던 가죽잠바들도 작별인사를 하지 않았다. 돌개바람처럼 잠시 흙마당을 들쑤셔놓고 소멸되었다.

그가 나가고 나서 잠시 후 전화벨이 울리더니 대머리 가죽잠바가 건너편에 있는 가죽잠바에서 소리쳤다.

"어이! 강 형사! 지금 조사하고 있는 양반이 김진동 씨야? 빨리 상황실로 모시고 오래."

"예에— 알았슴다."

그는 서류를 대충 챙겨 그의 앞에서 손짓발짓 해대던 사내를 데리고 사무실을 나갔다.

"쓰팔! 더러워서 못해먹겠네. 그새 언놈한테 손 쓴 모양이네."

또 다른 가죽잠바가 독백처럼 중얼거렸다.

자정이 넘었다. 우리는 기다려야 한다는 사명감 앞에 고스란히 놓여있을 뿐 어떤 조치도 취해지지 않았다. 피로감은 표적이 불분명할 때 더욱 가중되는 것인지 전신이 욱신거렸다. 짜증을 은폐해야된다는 강요에 전신이 옥죄듯이 쑤셨다.

무료가 깊어지는가 싶었는데, 걸걸한 목소리를 앞세운 사내

둘이 어깨동무를 하고 사무실로 들어왔다.

"충성! 수고하십니다아! 민중의 지팡이께 용무 있어 왔습니다."

문을 열고 들어오면서 그들은 대뜸 거수경례를 올려붙였다. 자욱한 연기 속에 가라앉아 있던 군상들이 눈을 멀뚱거리며 그들을 쳐다보았다. 또 무슨 물건인가하고 가죽잠바들의 눈빛에 짜증이 자욱했다. 훤칠한 키에 정장 차림의 사내가 반팔셔츠를 입은 사내를 껴안듯이 어깨동무를 하고 있었다. 부축을 받아야 할 쪽은 정장 차림의 사내 같은데 오히려 그가 반팔셔츠 사내를 휘감고 있었다. 정장 사내한테서 술 냄새가 확 풍겼다. 그들은 잠시 두리번거리더니 상석에 앉은 대머리 가죽잠바 앞으로 비틀거리며 함께 걸어갔다.

"무슨 일입니까아?"

대머리 가죽잠바는 피로를 감추려는 듯 목소리를 통통 굴렸다.

"억울한 일이 있어서 민중의 지팡이께 신고하려고 합니다."

"또 무신 억울한 일이 있습니까아? 이 편한 세상에서."

"아, 글쎄 말입니다. 세상에 이런 나쁜 놈이 있습니까?"

"세상에 나쁜 놈 많지요. 그런 놈들이 없어야 우리가 발 뻗고 잠 좀 자는데."

"그런 놈들 덕분에 우리가 밥 먹고 사는 것 아닙니까 형님!

나쁜 놈 없으면 형님은 애 보러 가야함다. 근데 인제 볼 애도 없잖습니까?”

곁에 있던 다른 가죽잠바가 빈정거리듯 거들었다.

“이 형사! 고참을 놀리면 자자손손 고자 탄생이다. 잘 됐다. 이분들 신고조서 받아.”

“멀쩡한 아들 두 놈, 잘 크고 있슴다. 거웃이 거뭇거뭇해서 인자 목욕탕도 같이 안 갈라고 함다. 아니 그런데 그 양반들 신고조서 왜 내가 받슴까? 내 차례가 아니지않슴까?”

“차례야 박 형사 차례지만 지금 자리에 없잖아!”

“없으면 기다려야죠.”

“이 형사! 개 피할려다 범 만나고 싶어?”

“개든 범이든 싫슴다. 오늘 하루라도 편하게 좀 지냅시다.”

“그러지마. 조금 있으면 사망사건 들어온다. 이백 장짜리 조서 쓰고 싶어?”

“괜히 겁주지 마슈. 사망사고라면 진절머리 남다. 피해자, 가해자 온통 벌집 쑤셔 놓은 것같이 덤비는 거 질립니다 질려.”

“맞아. 사나흘 꼬박 밤새워 조서 꾸며봐야 떡이 생기나 밥이 생기나. 숙제 한보따리 검찰에 넘겨봐야 싸인펜으로 한 줄 찍 쓰면 끝인데. 증거인멸 및 도주 우려가 없어 불구속 조사함! 참 좋은 말이지.”

다른 가죽잠바가 거들었다.

"다 그런 거. 옛말 하나 틀린 거 없제. 재주는 곰이 피우고 돈은 뛰놈이 먹는다고."

동생 녀석의 조서를 담당한 박이라는 가죽잠바는 시계가 새벽을 향해 가고 있는데도 소식이 없다.

가죽잠바들끼리의 대화를 망연히 바라보고 있던 사내들이 다시 한번 소리쳤다. 자기들의 용맹이 접수되지 않는데 대한 항의가 섞여 있었다.

"충성! 태극무역 대표이사 이상식 외 1명, 민중의 지팡이께 용무 있어 왔습니다. 충성!"

자욱한 담배연기를 휘젓는 고함이었다.

"아따! 그 양반 기차 화통을 삶아 먹었나? 초성 한번 우렁차다! 어이, 이 형사! 빨리 맡아. 마침 종씬가 보니 족보도 따져보고."

대머리 가죽잠바의 지시를 더이상 거절할 수 없었던지 이 형사라는 가죽잠바가,

"이쪽으로 오십쇼. 대표이사니임!"

그제서야 그들은 어깨동무를 풀고 가죽잠바 앞에 나란히 앉았다.

"두 분 친굽니까?"

"예! 친구보다 더 진한 동집니다."

"그래요오? 어디서 독립운동합니까?"

별로 큰 사건이 아닐 것이라는 감을 잡은 듯 가죽잠바는 계속 빈정거리는 말투였다.

"바로 한 시간 전에 맺은 혈맹입니다."

"아이구! 오래된 동집니다요. 한 시간씩이나 되셨다니. 그래 무슨 일입니까?"

삭막하던 사무실이 눅눅해졌다.

"박고 튀었습니다 나쁜 놈이!"

"박고 튀다뇨?"

"경찰서 건너편에 교차로 있잖습니까?"

"예, 있지요."

"빨간 불이면 서야지요?"

"그럼요."

"아 글쎄, 내 차와 이 동지 차가 일렬로 서있는데 웬 나쁜 놈이 뒤에서 박았다 이말입니다. 아이구 뒷골이야!"

그는 손으로 뒷목덜미를 툭툭 쳤다.

"그래서요?"

"콱하고 부딪쳤으니 잠시 멍하게 있다가 차에서 내렸지요."

"어느 차가 직접 충돌했습니까?"

가죽잠바는 서랍에서 장난감 자동차를 꺼내 책상 위에 올려놓고는 배열을 했다. 자욱한 담배연기와 쇠붙이 집기가 널려있는 사무실에 빨간 장난감 자동차의 출현은 묘한 기분이 들게 했다. 모래투성이 사막에서 장미 송이를 보는 것 같다.

"정지선 앞에 이 동지의 차가 서 있었고 내 차가 그 뒤에 서 있었습니다. 그런데 나쁜 놈 차가 달려와 쾅 박았습니다."

시시비비를 가리려고 멱살을 잡을 필요도 없는 단순한 추돌 사고였다.

"가해자는 어디 있습니까?"

"아따! 답답하시네. 가해자를 잡았으면 여기까지 왔겠습니까?"

"도주했다 그말입니까?"

"도주? 그렇지요. 도주했습니다. 뺑소니쳤습니다. 이런 나쁜 놈은 특정범죄 가중처벌법으로 혼쭐을 내줘야합니다."

사내는 가죽잠바가 그에게 동조하는 낯빛을 보이자 더욱 힘을 내며 침을 튀겼다.

"어디 다치신 데는 없고요?"

"뼈다구 부러진 곳은 없고 뒷골이 뻑쩍지근합니다. 이 동지도 마찬가집니다."

"차는요?"

"그놈은 차를 빼서 토껴버렸고 우리는 교차로 옆에 세워 두었습니다. 내 차는 샌드위치가 되서 앞 밤바 뒷 밤바 니주구리 됐습니다. 이 동지 차는 뒷 밤바만 찌그러졌고."

"알았습니다. 일단 두 분 면허증을 주십시오."

"면허증?"

"면허증 있죠?"

"그야 물론이지요. 근데 우린 가해자가 아닌데 왜 면허증을 냅니까?"

"사고 경위를 작성해야지요."

"알았슴다."

그들은 시큰둥해하며 지갑을 꺼내 면허증을 가죽잠바에게 건넸다.

"이런 나쁜 놈은 꼭 잡아야합니다. 사회 정의를 좀먹는 벌레 같은 놈입니다."

"걱정마십쇼. 현장에 가면 흔적이 수북히 있을 겝니다. 수배 내려서 잡도록 하지요. 이 대표이사님은 본관이 어딥니까?"

면허증을 들고 가죽잠바가 정장에게 물었다.

"경줍니다."

"어이구, 정말 좋씨네! 파는요?"

"국당공파 37대 손입니다. 돌림자는 이름 첫글자고요."

"어이구우, 할아버지뻘 되시네요."

"그렇습니까요? 이거 원 이런 일로."

사내와 가죽잠바는 일어서서 서로 허리를 굽혀 악수를 나누었다.

그리고는 다시 의자에 앉아 가죽잠바는 부지런히 손가락을 움직여 자판을 두들겼다. 검지 손가락 두 개만으로 자판을 치는 가죽잠바의 모습이 덩치에 걸맞지 않게 앙증맞아 보였다.

나이, 직업, 사고 시각, 장소, 차종, 피해 정도, 등등 묻는 항목에 따라 그들은 부지런히 대답했다. 정장 사내는 의협심 발휘 중이라는 기색이 역력했다. 그의 차는 이미 상당히 파손되었지만 그것이 문제가 아니라 뺑소니친 나쁜 놈을 잡아야한다는 시민정신에 불타고 있었다.

"좋은 차인데 못쓰게 돼서 안 됐습니다요."

"그깐 차가 문젭니까? 남의 차를 박아놓고 줄행랑친 나쁜 놈을 잡는 게 문제지. 안 그렇소 이 동지?"

"그럼요. 사람 안 다쳤으니까 내려서 사과했으면 그만 아닙니까. 차량 파손이야 보험처리하면 간단한 거 아닙니까."

"역시 이 동지는 멋쟁이야!"

그들은 맞장구를 치며 서로를 추켜 준다.

"자, 자, 조용히 하시고, 읽어보시고 틀린 곳이 없으면 여기 서명하십시오."

가죽잠바가 부지런을 떨며 작성한 서류를 그들에게 내밀었다. 정장 사내가 그것을 받아 과장된 동작을 취하며 읽었다. 역시 호탕한 동작으로 서류에 서명을 했다. 동행의 사내도 서류를 쓱 훑고는 서명을 했다.

"나쁜 놈 꼭 잡을 수 있지요?"

"그럼요. 아침에 조사계 직원들이 출근하면 현장에 가볼 겁니다. 거칠게 추돌했으니 흔적이 수두룩하게 떨어져 있을 겝니다."

"역시 오길 잘했네. 민중의 지팡이는 믿음직스럽다니까요. 안 그래요 이 동지? 부서진 차야 그까짓 거 버리면 그만이고. 어디 가서 우리 한잔 합시다 이 동지! 속도 쓰리고 알딸딸한데."

"좋습니다, 형님!"

겨우 한두 시간 사귐으로 그들은 동지에서 형님 아우로 끈끈하게 결속되었다. 같은 피해자라는 동료의식과 그 피해에 대한 불편보다 시민정신을 한껏 발휘한다는 뿌듯한 자긍심이 철철 넘친다. 손해를 보면서도 저렇게 의연, 호방할 수 있다니, 부러웠다.

장발의 대가리를 비에 젖은 털모자처럼 처박고 있는 동생 놈이나, 급히 연락받고 허겁지겁 달려와서도 역할이 없는 나에겐 그들의 행동이 환상적인 율동처럼 보였다. 어딘가로 통하는 회로가 있다면 이다지 찌든 무기력 속에 내던져져 있지 않을 것이다. 그러나 내게는 어디로 통하는 회선이 없다.

유력한 전화 한 통이면 가죽잠바들에게 씩 웃음을 던지고 나와 버릴 수 있을 것이다. 그러나 내가 알고 있는 전화번호란 다세대 주택 반지하에 위치한 우리 집, 새벽이면 자동발신기처럼 어김없이 뛰어나가야 하는 남루한 교무실에 누워 있는 검고 묵직한 전화기 따위가 고작이다. 내가 쓰고 있는 교사라는 의관은 불편하기만 할뿐 무기력하기 짝이 없는 면류관이었다. 굳이 몇 개 더 번호를 대라고 강요한다면 114, 119, 2424, 그리고 112 정도다.

"야, 무슨 짓을 저질렀어?"

"......"

"조사는 다 끝난 거야?"

"응, 그런 거 같애."

"그런데?"

"기다리라고 하고 담당 형사가 나가서 안 와."

"배는 안 고프냐?"

"신경 쓰지 마."

핵심을 잃은 대화로 우리는 헛헛한 밤을 보내고 있었다. 벽에 걸린 시계는 양팔을 벌리고 하품을 하듯 한 시 오십 분을 가리키고 있다. 석유난로 위의 물주전자만 뚜껑을 달싹달싹 부지런 떨며 끓고 있을 뿐 모두들 느긋했다. 그때 또 다른 방문객이 문을 빼꼼 열고 들어왔다.

"김밥 있습니다. 박카스요. 야식 왔습니다."

실내에 있는 가죽잠바들에게 가볍게 목례를 하고 통로를 슬금슬금 헤집고 다녔다. 손잡이 달린 장바구니에 불룩하게 먹거리가 담겨 있다.

"아하, 출출한데 잘됐습니다. 아저씨, 그거 모두 얼마치요? 도리합시다. 이 형사님, 시장하시죠? 나쁜 놈들 때문에 맨날 밤새시는가 본데 요기나 하입시다."

조사가 대략 끝났음을 감지한 듯 정장 차림의 사내가 다시 수선을 피웠다.

"이거, 이거, 이래봬도 많습니다. 30인분도, 더, 될 터인데."

바구니를 든 사내는 갑자기 말을 더듬거릴 정도로 흥분되는 듯하다. 이골목 저 골목, 이방 저방을 기웃거리며 끌고 다니는 고생보따리를 일순간에 털어버릴 수 있는 감격 앞에 놓였다.

"30인분이든 300인분이든 바구니 모두 비우쇼! 아 우리만 입인가. 조사받는 양반들도 모두 배달의 민족, 우리 동포 아닌가."

사내의 호기를 아무도 만류하지 않았다. 사실 그의 호기를 만류하거나 능멸할 수 있는 재량권은 가죽잠바들에게만 있다. 조사를 받거나 대기하고 있거나 나처럼 보호자로 불려온 자들에게는 실내의 공기를 바꿀 어떤 미동도 허용되지 않는다. 가죽잠바 중 누구도 사내의 호기부림에 대해 대꾸하지 않았다. 그것은 바로 용인을 의미한다. 장사치 사내가 그것을 모를 리 없어 그는 빠른 동작으로 음식을 책상 위에 늘어놓았다. 그리고는 서열에 따라 각자의 책상 위에 음식을 올렸다. 김밥과 간단한 드링크류가 고작이지만 새벽을 향해가는 시각인지라 괜찮은 요깃거리다.

"감사합니다."

"잘 먹겠습니다."

"고맙슴다."

저마다 자기 일에 열중하고 있던 가죽잠바들이 자기들 책상 위에 먹을거리가 놓이자 인사말은 잊지 않았다.

"어이, 아저씨! 저기 벤치에 앉아 있는 분들에게도 갖다드려요."

그는 진중을 지휘하는 장수 같다. 팔을 치켜들고 마구 지휘를 해댔다.

"아자씨, 술은 없슈?"

"예-예-에, 술은 가지고 다니지 않습니다."

메케한 담배연기 대신 김밥에서 풍기는 양념냄새, 참기름냄새가 실내를 유영한다. 나와 동생도 하나씩 받아들었다.

"먹어둬라. 보시는 겸손하게 받아야 된다."

"형이나 먹어."

녀석은 김밥의 포장도 뜯을 생각이 없는 것 같다.

"이거나 마셔라."

김밥과 함께 건너진 박카스의 뚜껑을 열어 녀석의 턱밑에 들이밀었다. 마지못해 그것은 받아 마신다.

사내는 김밥을 질질 흘리며 게걸스럽게 입에 넣으며 말했다.

"모두 얼마요?"

"아ㅡ예ㅡ 김밥이 25인분이고, 박카스가 두 박스에, 그리고…"

"아ㅡ아, 따지지 말고 합계가 얼마요?"

"예예, 그러니까, 12만 6천원인데 12만원만 줍쇼."

"그 양반, 싱겁기는 그깐 거 얼마 남는다고 깎긴 깎아. 자 옜수."

사내는 지갑을 꺼내 지폐를 질질 바닥에 흘리며 세어서 그에게 건넨다. 행상 사내는 행랑아범처럼 연신 허리를 숙이며 그것을 받아들고 뒷머리를 쓸어내렸다. 그가 나가자 정장 사내와 반팔셔츠는 작별인사를 하고 나설 채비를 했다.

"수고들 하십시오. 나쁜 놈은 꼭 잡아야합니다 이 형사님! 그럼 가보겠습니다."

"잠깐만요오. 아직 덜 끝났습니다아."

그와 마주앉아 사고 경위를 접수했던 이 형사라는 가죽잠바의 차갑고 딱딱한 목소리가 그들의 뒷덜미를 걸었다. 호기를 부리며 너스레를 떨어 잠시 눅눅해져 있던 실내의 분위기를 챙그랑 깨뜨리는 금속음이었다.

"뭐어? 더 조사할게 남았습니까?"

정장 사내도 일순 긴장하는 목소리였다.

"두 분 이리 잠깐 오세요오."

"아니, 왜? 요?"

가죽잠바는 책상서랍에서 장난감처럼 생긴 작은 검은 물체를 꺼냈다. 꼬리가 달린 무전기 같기도 했다.

"약주들 낫게 하셨는데 음주 측정 좀 하겠습니다."

"아-하- 한잔했지요. 동창회서 한잔하고 점잖게 돌아오는데 웬 미친놈이 뒤에서 꽝 한 겁니다."

"자- 이 대표이사니임, 불어 보세요오."

가죽잠바는 정장에게 기계를 들이밀었다.

"이거 불어야 되는 겁니까?"

정장이 약간 머뭇거렸다.

"의례적인 절찹니다아. 무슨 일로 왔든 일단 음주측정은 합니다아."

의례적이라고 말하는 가죽잠바의 목소리는 싸늘하고 따갑다.

"거참, 술 마셨다고 다 말했는데 측정은 무슨 측정이람."

꺼림칙한 의례라고 느꼈는지 정장은 입맛을 다셨다.

"자아— 현재 수치가 0.000이죠? 맞습니까아?"

가죽잠바는 기계를 정장의 눈앞에 갖다댔다.

"예."

"시원하게 힘껏 불어보세요오."

정장은 기계에 붙은 굵은 빨대를 입에 넣고 볼이 불룩하게 바람을 만들어 불었다.

"됐습니다. 이리 주세요."

가죽잠바가 기계를 받아들고 형광등 불빛을 손으로 가리며 확인하는 동안 정장은 자신의 볼을 쓰다듬으며 상을 찌푸렸다.

"아이고! 약주 진하게 하셨네, 대표이사니임! 이것 보세요. 0.146이죠? 확인했습니까아?"

"예."

"다시 한 번 더 불어보시겠습니까아?"

"아뇨."

"그럼 대표이사님은 됐고. 다음 김정섭 씨!"

가죽잠바는 같은 절차를 정장의 동행인 반팔셔츠에게 시행했다.

"아니? 형씨는 술을 전혀 안마셨네. 수치가 안 나오네. 다시 한번 더 불어보세요."

결과는 마찬가지였다.

"사람, 싱겁긴 괜히 고생시키네. 안 마셨다고 하지."

가죽잠바는 반팔셔츠를 위아래로 훑어보며 인상을 썼다.

"언제 물어보기라도 했습니껴?"

"됐네. 이 사람아."

무엇이 못마땅한지 가죽잠바는 금세 그에게 반말을 썼다. 그의 나이나 행색이 그걸 쉽게 가능케 했다.

"그럼 됐습니다아. 김정섭 씨는 면허증 가지고 일단 돌아가십시오. 현장 조사 후 가해차량을 수배해서 결과를 통보해 드리겠습니다. 그리고오, 대표이사님은 일단 여기 앉으십시요오."

"아니 왜요?"

반팔셔츠는 재빨리 인사를 하고 나가버렸다. 동지고 형님이고 간곳없이 연기처럼 빠져나갔다.

"대표이사니임! 의자에 잠깐 앉아계세요오. 서류 하나 더 작성해야함다아."

"이거 원! 뭐가 어떻게 돌아가는 겐지."

정장은 가죽잠바 앞에 다리를 꼬고 앉아 연거푸 담배를 피워 물었다. 가죽잠바는 정장이 궁시렁대는 소리에 일체 대꾸하지 않고 부지런히 자판을 두들겼다. 동생은 내 어깨에 머리를 기대고 얕은 잠이 든 것 같다. 나는 녀석의 풋잠이 깰까봐 자세를 고치지 않았다. 허약한 형이 그에게 해줄 수 있는 배려의 전부인 것 같아 어깨가 저려오는 것을 꾹 참았다.

"자아― 이제 됐습니다아. 대표이사니임! 읽어보시고 서명

56

부탁합니다아."

가죽잠바가 종이를 정장에게 내밀었다.

"음주적발보고서라? 이게 도대체 뭡니까?"

"사실과 틀림없으면 맨 아래 서명란에 싸인 하세요오!"

"내가 왜 싸인합니까?"

"뭐 잘못된 부분 있습니까아?"

"글쎄요. 뭐가 뭔지?"

"맞으면 빨리 싸인해요! 바쁩니다."

"내가 뺑소니 신고하러 왔지, 이런데 싸인하러 왔습니까?"

"뺑소니 접수는 이미 다 끝났습니다. 그놈들 곧 잡아서 통보해드리겠습니다."

"그러면 된 거 아니요?"

"그러면 된 거 아니요라니? 이거 왜이래 알만한 양반이. 빨리 싸인해요. 사실과 다른 부분이 있으면 다시 칠 테니까 말하고."

"허—참— 미치겠네!"

"나쁜 놈 신고하러온 사람을 이래도 되는 거요?"

"신고 접수 안 했습니까? 밤새워 접수해서 서류 꾸며 놓으니 딴소리하시네."

"그건 그렇지만…"

"그러면 뭐가 잘못됐어?"

"난 그저 뺑소니 신고하러 온 사람인데."

"신고했고, 접수받았고, 수배해서 처리한다고 하지 않았소?"

"아무튼 나는 싸인 못합니다. 그리고 나는 건전한 시민이오. 집에 가겠소."

정장 사내는 양복 앞 단추를 잠그고 옷매무새를 단정히 하고 사무실을 나가려고 했다.

"누구 맘대로? 건전한 시민 좋아하네. 건전한 시민이 술 처먹고 운전해!"

"하여튼 난 갑니다. 이거 원 더러워서…"

사내는 뿌리치는 자세로 출입문 쪽으로 걸어갔다.

"뭐야? 더러워서?"

계속 관망하고 있던 대머리 가죽잠바가 버럭 소리를 질렀다. 사내가 문을 밀고 나가려는 순간 여기저기서 날랜 동작의 가죽잠바가 달려들어 그를 붙잡았다.

"이거 놔!"

사내의 고함소리도 거칠었다.

"이 형사, 수갑 채워서 입창시켜!"

서너 명의 가죽잠바가 용수철처럼 튀어와 그의 팔을 비틀어 잡고 수갑을 채웠다.

"이 형사! 아니 종씨! 이래도 되는 거야! 모범시민에게 이럴 수 있는 거야?"

옆구리를 잡혀 사무실을 나가면서 그는 마구 악을 썼다.

"종씨 좋아하네. 모두가 단군의 자손인데 이리저리 걸리지 않는 놈 어딨어."

남아있던 가죽잠바 중 누군가가 중얼거렸다. 바깥이 뿌옇게 밝아오기 시작했다.

"다녀왔습니다아!"

날이 훤해져서야 박이라는 가죽잠바가 사무실로 돌아왔다.

"박 형사! 어디 갔다 온 거야? 지금 출근이야? 퇴근하러 온 거야?"

대머리가 그에게 소리쳤다.

"뭐어, 일이 좀 있었습니다. 죄송합니다."

"때깔 좋구먼."

"죄송합나다아."

"어이, 박 형사! 저기 벤치에 기다리는 양반들 처리해줘."

"아예, 보호자 왔습니까?"

아침녘이 되어서야 나는 동생을 데리고 그곳을 나올 수 있었다. 허약한 교사 신분증이 그래도 그곳에선 든든한 보증서 역할을 해냈다.

"선생님이시라니까 믿습니다. 동생은 무전취식을 했습니다. 친구, 후배들은 모두 도망가 버리고 이 친구만 붙잡혀 여기 왔습니다. 오후에 술집 주인이 올 겁니다. 술값이 10만 8천원인데 지금 주시면 내가 전해주고 아니면 오후에 다시 오셔야 합니다. 선생님께서 신원 보증을 선다니까 입건은 않겠습니다."

주머니를 털어 술값을 그에게 건네고 동생의 머리를 몇 번 쥐어박는 제스처를 취하며 사무실을 나왔다. 정문에는 어김없이 보초가 서있고 건물의 중앙엔 커다랗게 고딕체의 구호가 선명했다. '경찰은 항상 국민의 곁에 있습니다'.

졸업식을 한 후 몇 달 째 연락이 없던 동생 녀석으로부터 전화가 왔다.

"형, 연수받느라 연락 못했어. 사회부로 발령 났어. 일선 경찰서 담당이야. 초짜 기자는 무조건 그런데 배치한데. 참, 어제께 강남경찰서 다녀왔어. 많이 바꿨드라."

"그래, 부지런히 뛰어라. 기사는 발로 써야한다드라. 가죽잠바들 잘 있더냐?"

"에이 형도, 그게 벌써 언제 적 얘긴데."

"그래, 거기서 뭐 좀 건졌냐?"

"건지긴, 서장실 가서 공갈 좀 치고 왔지."

"밤샘했던 그 방 분위기는 어떻던데?"

"여전하더라고. 아직 멀었어. 사정없이 조져야겠어."

녀석의 말투에서 나는 야릇한 쾌감과 함께 서늘한 불안감을 느꼈다. (*)

단편

그리운 시냇가

그리운 시냇가

참 맑은 개울이 그 집 곁으로 흐르고 있었다. 이끼조차 범접치 못하게 투명 셀로판지를 넣어놓은 것 같았다. 개울 바닥에 깔린 자갈은 금방 세탁기에서 건져서 쏟아 놓은 듯 윤기가 자르르했다. 아기의 뽀얀 속살 같아 한 움큼 보듬어 깨물고 싶었다.

칙칙한 폐수에 익숙해져 있던 우리는 비틀거리며 개울로 들어갔다. 아직도 이렇게 청청한 개울이 있다니, 감격에 흠뻑 젖었다. 숙취상태가 아침까지 이어졌지만 투명한 시냇물이 피부를 희번덕거리며 흐르는 것은 똑똑히 보인다.

김 교수와 윤 시인은 누가 먼저랄 것도 없이 돌진하여 무릎까지 개울에 담그고 낯을 씻는다. 김 교수는 머리를 물에 처박고 타래질을 해댄다. 윤 시인은 두 손으로 물을 움켜 연신 벌컥벌컥 마셔댄다.

그들은 씻어야 할 것이 많을 것이다. 나는 야릇한 쾌감이 취기와 어우러져 그들의 모습을 카메라 앵글 돌리듯이 빙글빙글 돌리며 바라보았다. 지난밤부터 지금까지 그들이 겪어야 했던 고통을 나는 은근히 즐기고 있다.

"김 교수! 살 만합니까?"

긴 머리칼이 아래로 죽 늘어져서 물을 줄줄 흘리고 있는 김 교수에게 빈정대는 투로 물었다.

"정신 없슴다. 박 선생도 찬물에 머리 감아보슈."

그는 어휴 시원하다라는 감탄사를 연발하며 머리채를 헹구었다.

"나야, 뭐 씻을 게 있겠소."

"아따! 고만합시다. 더 이상 내몰릴 곳이 없슴다."

그는 얼굴도 돌리지 않고 대꾸했다. 나는 돌멩이로 물수제비 뜨기 놀이하는 아이처럼 그들을 희롱하는데 열중했다. 다소의 위험을 무릅쓰고 아예 교수와 시인이란 집단 전체를 매도하기에 이르렀다. 무엇보다 내가 어떤 해코지의 칼끝을 들이대도 그들은 꼼짝못한다는 확신이 있었다.

"속속들이 깨끗이 씻으슈. 그런 머리로 아이들을 가르치는 선생이라고. 교수들의 복장엔 불신감만 잔뜩 담고 있나. 윤 시인도 오장육보 설설 헹구슈. 믿음이 없는 시인이 어찌 좋은 시를 쓰겠소."

"죄송함다. 입이 열 개라도 할 말 없슴다. 차라리 저한테 돌 팔매를 던지세요."

"정말이요?"

나는 얼른 자갈 몇 개를 주워 그의 옷이 젖을 정도로 근처에 던졌다. 윤 시인은 비틀거리며 물튀김을 피했다. 나는 야릇한 승리감을 즐기며 그들의 꼴을 한참 바라보다가 무릎까지 물이 잠기는 곳으로 옮겼다.

어젯밤부터 지금까지 우리는 새로운 가치체계를 머릿속에 장치하느라 혼란스러웠다. 그 혼란은 그녀가 베푼 호의 때문이다. 김영숙이라고 자신을 소개할 때까지만해도 그저 그렇고 그런 여자 중에 하나일 것이라는 시큰둥한 감정이 우리가 지닌 판단력이었다. 그녀의 호의를 매서운 도시적 잣대로 가차 없이 까뭉개는데 앞장선 이가 김 교수였고 윤 시인이 동조했다. 나는 그들의 판단에 어이없어 해하면서도 멍하게 사태를 관망했다.

누구나 갖고 싶어 하는 것들이 있다. 특히 선비연하는 축들은 꽃피고 물 흐르는 소박한 전원에 대한 로망이 간절하다. 맑은 시내가 흐르고 살구나무가 초가 뒤꼍에 빙긋이 서 있는 풍경에는 왈칵 감격해 버린다.

그 집이 그랬다. 오래 잊고 있었던 기억 속의 풍경이 시간을 뛰어넘어 단번에 우리 앞에 성큼 서 있었다. 마을의 다른 집들은 콘크리트 담장과 시멘트 지붕을 무겁게 머리에 이고 있었지만 그 집은 용케도 옛 모습을 간직하며 거기에 있었다.

취기로 어지러운 중에도 싸리 울타리와 갈대 사립문을 보는 순간 우리는 신음소리마저 냈다. 조촐한 텃밭을 건너 싸리 울타리 안에는 한 송이 박꽃 같은 초가가 있었다.

"들어오세요. 초라하기 짝이 없습니다만… 불편한대로 하룻밤 묵을 수는 있을 겁니다."

그녀는 구름 모양의 분홍 무늬가 점점이 수놓인 하얀 모시 한복의 치맛단을 추스르며 우리 일행을 안내했다. 김 교수와 윤 시인은 취기를 과장하는 빛이 역력했다.

"어이구! 이거 실례가 많습니다. 아닌 밤중에 홍두깨도 유분수지. 이거, 이거!"

호탕함은 무엇인가를 숨길 때 곧잘 동원되는 제스처다. 그들은 걸쭉한 웃음을 내뱉으며 마루에 올랐다. 길쭉하고 노란 달이 여름 하늘에 걸려 농염한 빛을 쏟아 내리고 있었다.

세미나라는 것은 그저 그런 것이다. 거창한 주제에 대한 탐구보다는 오랜만에 만난 지인들과 담소하고 틈새를 봐서 대열에서 이탈하는 묘미를 즐기려는 축들이 있기 마련이다. 법주사에서 열린 세미나에서 우린 그런 축들이었다. '21세기 대안문화에 대한 모색'이란 주제에 대한 탐구보다, 적당한 구멍으로 빠져나가 입심이나 발휘할 술자리를 꾸밀 음모가 눈빛으로 동의되었다.

저녁 무렵, 김 교수와 윤 시인이 슬슬 사찰 경내를 배회하기에 다가갔다. 저녁 공양 후 다시 주제 발표와 토론이 있다. 적막한 산중 가람에 와서 무성한 도시적 논리에 소화불량 증세를 보이려고 하는 시점이었다. 3박4일 일정이라 이미 나올 말은 다 나온 것 같고 마지막 밤이 주는 묘한 일탈감에 허전해하고 있던 차였다.

"보리수꽃 향기가 진하네요."

나무 밑 돌의자에 앉아있는 그들에게 슬며시 말을 붙였다.

"아, 이게 보리수입니까?"

김 교수가 반가운 낯빛으로 대꾸했다.

"예! 대웅전을 중심으로 간격 맞추어 서 있는 네 그루가 보리수입니다."

"이 가람의 명물이지요. 흔히 염주나무라고 하지요."

윤 시인이 거들었다.

"꽃이 지고나면 굵은 콩알만한 열매가 열립니다. 단단하게 여물면 염주알을 만든다고 합디다."

"아, 이게 바로 보리수군요. 불가와는 인연이 깊은 나무인데 흔치 않아서 그런지 저는 처음 봅니다."

66

"좋은 때 왔습니다. 7월 초순만 넘어가면 꽃이 집니다. 향기도 물론 사라지지요."

맵지도, 달지도 않은 보리수꽃 향기가 넓은 경내에 자욱했다.

"이 아래에서 가부좌를 틀고 있으면 저절로 도를 깨칠 수 있을 것 같네요. 향기에 취해서 잡스런 것들이 잊혀지고 있습니다."

윤 시인은 돌의자에 가부좌 자세로 앉으면서 말했다.

"한 수 읊어보시지요?"

"에이, 무슨 말씀을. 그깐 말장난이 지금 무슨 소용 있습니까."

"저녁 발제만 듣고 '아랫동네로 고고' 어떻습니까?"

말들이 변방을 떠돌다가 김 교수가 핵심 제의를 해왔다.

"좋지요."

내가 당장 동의표를 던졌다.

"눈치 보이지 않을까요?"

윤 시인은 짐짓 머뭇거렸다.

"이 나이가 누구 눈치 볼 나입니까?"

김 교수가 바싹 다그쳤다.

"하긴, 하지만 술냄새 풍기며 다시 경내로 들어온다는게…"

"걸음 바로 걸을 수 없으면 여관에서 자고 새벽에 올라오지요 뭐."

윤 시인의 주저에 김 교수가 쐐기를 박았다.

"그거, 좋습니다. 내일이면 또다시 먼지 구덩이 속으로 들어가야 하는데, 이곳 토속주 맛은 봐야지요."

김 교수는 매우 적극적으로 분위기를 부추겼다.

"저녁 시간 주제는 무엇입니까? 발제자는?"

"'정신문화의 대안모색'이라던가? K대 철학과 P교수일겁니다."

"발제만 듣고 토론시간에 슬며시 빠져서 바로 이 자리에서 회동합시다."

"좋습니다. 윤 시인, 어때요? 됐습니까?"

"중지를 따르지요."

우리는 작은 음모를 마련해놓고 저녁 세미나 시간이 될 때까지 음전을 피웠다. 땅거미가 몰려오는 시각이었다. 관광객들이 썰물 빠진 후 드러나는 갯바위처럼 드문드문했다. 김 교수는 말이 많았다.

"21세기 대안문화란 게 뭐 있겠습니까. 이래 살다 죽으면 그게 역사요 유적이 아니겠습니까. 모색이라는 것은 모색한다는 제스처에 불과한 게 아니겠어요. 인위적인 작태에 지나지 않지요."

"아닙니다. 모든 규정이란 것이 인위적인 것 아닙니까. 일월

화수목금토, 1월 2월 3월, 섣달 그믐과 정월 초하루도 그렇고 요."

윤 시인이 차라리 분석적이었다.

"이미 미래학자들이 제시했듯이 동양문명, 동양정신이 새로운 세기의 좌표가 되지 않겠습니까?"

내가 허술하게 한마디 거들었다.

"동양정신이란 게 막연하고 애매합니다만 상당히 주목받고 있는 것이 사실입니다. 그러나 동양이란 용어 자체가 이미 서구의 관점에서 명명되어진 것에 불과합니다. 에드워드 사이드나 이매뉴얼 월러스틴이 나름대로 분석했지만 결국 우리는 동양적인 것의 슬픔을 확인할 뿐입니다."

김 교수는 이미 어저께 발제를 했던 터라 거품을 뿜을 기세였다.

"서구 합리주의, 기독교 문명이 인류사에 공헌한 것을 부정할 수 없지만 이제 바닥이 보입니다. 아전인수라고 비난할 서구인이 있겠지만 서구문명의 역할은 끝나간다고 봅니다. 21세기 인류는 불교정신, 화엄사상에서 삶의 활로를 찾아야합니다. 어제 오전에 발제한 C교수의 선문화론禪文化論이 인상적입니다. 자기성찰과 자기반성의 한 방편이 선禪이 아니겠습니까."

윤 시인의 발언에도 힘이 실려 있었다. 나도 그 말을 받아 거들었다.

"프랑스인들의 불교 열풍은 시사하는 바가 큽니다. 대상화의 관계에서 대등한 관계로 나아가야하는 것이 앞으로의 과제 같습니다. 인간성 회복이란 문제도 그것에 대한 지적과 논의는 분분합니다만 별로 나아지고 있지 않지요. 오히려 악화일로를 치닫고 있고. 무엇보다 관계끼리의 신뢰가 회복되어야겠지요. 정당한 관계끼리의 믿음이 파괴되고 있는 것이 우리 시대의 불행입니다. 화엄세계라는 훌륭한 사상을 가지고 있으면서도 점점 모래세계가 되어가고 있다는 느낌입니다."

"맞습니다. 박 선생! 동상이몽만이 창궐하는 아수라장이 우리 사는 세상의 모습이지요. 옛 동화에서는 망각이 가장 무서운 것이라고 했지만 이제는 불신이란 것이 모든 아름다움과 관계를 박살내는 무서운 폭탄입니다. 박 선생! 작가의 사명이 큽니다. 사악한 현실도 보여주고, 지향해야할 세상의 모습도 보여줘야 합니다."

김 교수는 내 쪽으로 시선을 돌리며 톤이 강해졌다.

"그게 어느 누구만의 책임이겠습니까? 오히려 통찰력이라면 평론가가 더 적확하고 예리하지 않습니까. 김 교수의 혜안에 기대가 큽니다."

"에이! 별말씀을. 평론가야 뒤치다꺼리하는 직업 아닙니까. 시인, 소설가가 창조적으로 세상을 이끌어야합니다."

자욱한 보리수꽃 향기를 맡으며 나누는 대화가 조금 끊어질 무렵, 가사장삼으로 정장을 한 스님 세 분이 종루에 올라 법고와 범종을 칠 준비를 한다.

가볍게, 세게, 빠르게, 느리게 법고가 울렸다. 둔탁하나 가슴을 두드리는 소리였다. 2~3분 간격으로 교대하며 법고를 두드리는 솜씨에 잠시 넋이 나갔다. 10여분 법고를 두드린 후에 범종을 쳤다. 육중한 나무토막이 종의 허리를 치자 순식간에 천지를 적막 속으로 쓸어 넣었다. 아직 집에 들지 않은 새들도, 서서히 활동을 시작하려는 밤벌레 소리도 장엄한 종소리에 숨을 멈추어 버렸다. 보리수꽃 향기를 어지럽히던 난삽한 우리들의 대화도 마침표를 찍었다.

승무를 추듯이 힘껏 타종대를 쳐들고는 몸과 함께 부딪힐 듯이 종허리를 향하는 동작이 아슬아슬하면서도 황홀했다. 위잉— 위잉— 위잉— 하며 지면에 깔리는 여운을 들으며 우리는 슬며시 자리에서 일어났다. 목어와 운판을 두드리는 소리를 뒤로하고 법당으로 향했다. 행자승 다섯 분은 이미 맨 앞자리에 단정한 자세로 앉아 저녁 예불을 기다리고 있었다.

발제를 마치자 잠시 주어진 휴식시간에 약속대로 우리는 보리수 아래 모였다. 여유로운 자세로 위장하여 슬금슬금 경내를 빠져나갔다. 주위는 이미 캄캄했다. 아랫마을까지 거리가 10리라지만 우리들의 발걸음은 가벼웠다. 희끄무레한 도로의 흔적을 따라 경쾌한 발걸음을 옮겼다.

"역시 몰래 훔쳐 먹는 곶감 맛이 별나지요."

김 교수의 너스레가 시작되었다.

"문화란 것도 결국 일탈행위에서 창조되는 것입니다. 틀을 깨지 못하면 영원히 고인 물 속에서 허우적거릴 뿐입니다."

공식행사를 뒤로하고 술잔 부닥치러 가는 우리들의 행동에 그럴듯한 합리화의 의관을 씌웠다.

"그럼요. 배움이 어디 책 속에만 있답디까. 자유만큼 아름다운 예술이 어디 있겠어요. '자유를 위한 영원한 추구' 이게 문학의 화두가 아닐까요. 변변찮지만 내 시詩의 주제는 항상 그쪽으로 향하고 있습니다."

"김 교수는 막걸리파입니까? 아니면 소주파?"

"탈속에 와서 그까짓 거 아무려면 어떻습니까. 대취해봅시다."

여름밤의 사하촌은 즐비한 간판의 불빛만 분주할 뿐 인적은 뜸했다. 넓은 대로를 사이에 두고 늘어선 가게의 불빛만 목을 늘어뜨리고 존재를 알리고 있다. 흡사 북녘의 위장도시 같다. 우리는 서부극의 사내들처럼 대로를 당당하게 활보하며 적당한 주점을 물색했다.

"박 선생, 대충 들어갑시다."

"그러지요. 상호가 맘에 드는 곳이나 찾아봅시다."

봄가을 같으면 집집마다 북적거릴 음식점들이 사지를 벌리고 드러누운 여인네처럼 무료 속에 널려 있었다. 손님이 없는 실내의 풍경 속에 주인과 종업원들만 밀랍인형처럼 굳어 있다.

"저기 어떻습니까?"

윤 시인이 반짝이는 목소리와 함께 손가락으로 가리켰다.

"속리식당이라, 좋습니다."

"속리는 물론, 속리俗離겠지요."

한가한 시절이라 대접이 융숭했다. 어쩌면 저녁 내내 손님이 없었는지도 모른다. 실내에 자리를 잡을까하다가 가게 앞에 널찍한 평상에 앉았다.

"모기가 물 텐데 괜찮으시겠어요?"

"에이, 그깐 모기! 좀 물리면 어떻습니까."

"좋으실 대로 하세요. 모기향을 몇 개 평상 아래 피워드리겠습니다."

홀 안에 있던 두세 명이 수선을 떨며 음식을 차려왔다. 주인 여자와 대학생으로 보이는 그의 딸이 밝은 표정을 지으며 바쁘게 쟁반을 날랐다. 그러나 나의 눈길을 끄는 것은 하얀 모시 한복을 입고 홀의 가장자리 탁자에 앉아 풋콩을 까고 있는 여인의 모습이었다. 분주한 수선에 합류하지 않는 걸로 봐서 종업원은 아닌 듯했다. 광주리에 수북이 담긴 풋콩을 하나하나 집어서 껍질을 벗기는 손놀림에 눈이 자주 갔다. 넓은 유리창 너머로 보이는 여인의 하얀 얼굴과 넉넉한 모시 한복차림, 알 수 없는 아름다움이 물안개처럼 번져오고 있었다.

"우리 집에서 빚은 동동주입니다. 맛이 괜찮을 겁니다."

시원하게 생긴 주인 여자가 친절하게도 한잔씩 잔을 채워 주었다.

"캬아ㅡ, 일품입니다."

김 교수가 새참 먹는 농부처럼 단숨에 들이키고는 감탄사를 터뜨렸다.

"어디서 오셨습니까? 서울에서?"

"예."

"관광 오셨습니까?"

"예. 겸사겸사, 절에서 행사가 있어서."

"법회에 오셨습니까?"

"예, 법회도 하고, 세미나가 있어서요."

"어머, 교수님들이신가 보네요."

"이 분만 교수님이시고 저는 시 쓰는 사람, 이 분은 소설 쓰는 분입니다."

"그러시구나. 맛있게 드세요. 특별히 정성껏 준비하겠습니다. 우리 딸도 서울에서 대학 다니는데 방학이라 집에 내려와 일을 돕고 있지요."

주인 여자는 주방을 들락거리는 여자 아이를 힐끗 보며 딸애임을 확인시켜 주었다. 장사가 안되어서 걱정이겠다는 얘기, 딸 애의 학비와 생활비를 보내주느라 힘들겠다는 이야기를 수선 스런 정성에 대한 답례 삼아 몇 마디 건넸다. 그러면서 쉬지 않고 잔을 비웠다. 근 한 시간 동안 기갈 들린 것처럼 연거푸 마셔 댔다.

구석에 앉아 콩을 까는 여인의 탁자 위에는 어느덧 콩껍질이 수북이 쌓였다. 가끔씩 깜박이는 눈망울이 호수처럼 컸다. 콩 까기에만 몰입한 듯 손놀림 이외에는 미동도 없었다. 등 뒤쪽으 로 그녀가 앉아 있었기에 김 교수는 그녀의 존재를 잊은 듯 속 리에 어울리지 않는 사설을 하염없이 펴 올린다.

"이제는 기댈 이데올로기도 없고 산업사회의 질서도 붕괴되 어 버렸습니다. 정보화시대에 걸맞는 가치질서를 확립해야하 는데 그게 문젭니다. 인식에 의한 판단보다 앞질러서 설정된 정 보가 제공되고 있습니다. 체험에 의한 가치판단이 무색해진 시 대가 도래한 것이지요.

인간의 자리는 점점 좁아지고 무생물인 정보가 차지하는 자 리가 확산되고 있습니다. 20세기의 학자들은 미래 인류의 모습 을 머리통만 커다란 형상으로 그렸지만 그 예측은 빗나갔습니 다. 이젠 인간의 머리통이 닭대가리가 되어가고 있습니다. 머 리통이 굵으면 사고의 저장량이 많다는 얘기도 되는데 닭대가

리, 새대가리만해지고 있는 게 오늘의 현실입니다. 사고할 필요
보다는 저장된 정보를 찾기만 하면 되니까 복잡하게 머리를 쓸
이유가 없어진 것이지요. 몸집에 비해 머리가 작다는 것은 파멸
로 다가갈 수 있다는 것을 알아야 합니다. 중생대의 맘모스, 공
룡의 그 기형적 신체구조를 보세요.

　어린애들은 두상의 크기가 신체의 3분의 1이나 됩니다. 어른
이 되면서 점점 그 비율이 축소되지요. 순수성의 크기가 작아지
고 있다는 것은 굳이 부연설명이 필요 없겠지요."

　평론가답게 김 교수의 논리는 틈새가 없었다. 그러나 그가
늘어놓는 말의 좌판에 입맛이 당기지 않았다. 도회적으로 굳어
져버린 그의 사고를 보는 것 같아 나는 실내를 통해 연결된 화
장실을 괜히 들락거렸다. 여인은 콩을 까기 위해 태어난 사람처
럼 하염없이 콩만 까고 있었다. 껍질이 탁자 전체를 덮을 만큼
수북했다. 워낙 미동도 없이 손끝만 놀리고 있어 세월을 잊고
앉은 돌부처 같았다.

　불콰해진 취기를 무기 삼아 주인 여자에게 넌지시 말을 던졌
다. 분위기를 바꿔야겠다는 계산을 했다. 경직되고 공허한 말
장난에 취해있는 김 교수의 너스레에 제동을 걸어야겠다는 오
기가 불쑥 솟았기 때문이다.

　"아주머니, 동동주 한 병 더 주시고 적당한 안주도 주세요.
다른 손님이 없으니 아주머니도 이리 앉으세요. 이 동네 얘기도

들고 싶고."

"그럴까요. 벌써 다섯 병 드셨는데. 이게, 서서히 취합니다. 적당히 드세요."

"공기가 좋아서 그런지 크게 취하는 것 같지 않네요."

주인 여자는 음식을 탁자에 날라놓고 자리에 앉았다.

"아주머니, 미안합니다만 저기 콩을 까고 있는 분도 합석하면 안 될까요? 누구지요? 종업원은 아닌 것 같은데."

"아, 쟤요? 돌아가신 막내 삼촌 딸이에요. 사촌 동생이지요. 술은 못하지만, 합석하지요 뭐."

너무 흔쾌한 대답에 그동안 공들였던 주저가 무색했다. 주인 여자는 반쯤 열린 출입구 쪽으로 대뜸 소리를 질렀다.

"영숙아! 콩 그만 까고 이리와. 이 선생님들한테 좋은 말씀 좀 듣자. 서울에서 오신 점잖은 선생님들이야."

그러자 여인은 고개를 들었다. 고개를 들고 눈을 크게 떴다. 맵시 있게 쌍꺼풀진 커다란 눈에 여린 웃음이 서렸다. 우리들 모두가 첨벙 빠질 것 같은 훤한 호수가 웃고 있었다.

"얘, 남은 건 나중에 나랑 같이 까자."

여인은 손을 가볍게 털고는 의자에 걸어둔 수건으로 손을 닦고 우리 곁으로 다가왔다. 모시옷 사각거리는 소리를 내며 그녀는 주인 여자의 곁에 앉았다.

"어이구! 선녀가 중생들 곁에 내려오셨군요."

김 교수는 호들갑을 떨었다.

"동생이에요. 가끔 가게에 와서 일을 도와줍니다."

"한잔하시지요."

윤 시인은 잔을 한 개 더 가져오라고 해서 그녀에게 술을 따랐다.

"잘 마시는 못해도 받겠습니다. 감사합니다."

그녀는 모시적삼 소매를 살짝 당겨 올리며 두 손으로 잔을 받았다.

"실례가 안 된다면 같이 한잔 하십시다."

온화한 웃음이 이미 실례가 아니라는 표시였지만 적당한 인사말이 없어 그렇게 말했다.

"이 마을에 사시는가보지요?"

"예. 여기서 조금 떨어진 곳에 사는데 가끔 여기에 와서 수다도 떨고 손님이 붐빌 때는 일도 도와줘요."

주인 여자가 대신 대답했다.

"수다 떤다는 건 어울리지 않는데요?"

"아니에요. 살아가는 얘기를 나누는 것이 수다지요 뭐."

여인은 우리의 대화에 쉽게 동화되었다.

"모시 한복이 너무 우아합니다요."

"고맙습니다. 날씨가 더워서 손질해둔 것을 한 번 입어보았어요. 윗절에서 행사를 하신다고요?"

여인은 우리의 대화 내용을 어렴풋이 엿들은 모양이다.

"예. 미꾸라지는 항상 있게 마련이지요. 지금 한창 열띤 토론이 벌어지고 있겠지요. 우리는 미꾸라지처럼 빠져나와 술이나 마시고 있는 문제아들입니다."

"공부가 어디 책속에만 있겠어요. 마음을 닦고 다스리는 것이라면 모두가 공부가 아니겠어요."

"그럼요. 듣던 중 반가운 소리네요. 처처부처요, 처처불공이 아니겠습니까."

삼십대 후반이란 우리의 나이는 금방 분위기에 친숙해질 수 있는 경륜을 갖추고 있었다. 그녀 역시 우리 또래에서 크게 벗어나 보이지 않았다. 스스럼없다는 것은 모질게 말하면 뻔뻔스러움이겠지만 한편 여유로움과 자연스러움일 것이다. 막힘이 없다는 건 어쩌면 그토록 갈구하는 깨달음의 한 모습일 것이다.

새로운 신도에게 김 교수는 그 특유의 현학적 어휘를 휘두르며 장광설을 펼쳤다. 여인은 조금씩 발그레해지며 고개를 끄덕이기도 하고 가지런한 하얀 이를 드러내고 웃기도 했다. 치열이 고른 하얀 이를 반쯤 보이게 웃는 웃음만큼 아름다운 얼굴이 있을까. 그녀의 부신 얼굴을 바라보며 저마다 온갖 추측들로 머릿속을 어지럽혔다.

김 교수는 평소보다 더욱 고상하고 현학적인 언어들을 쏟아 냈다. 간간이 그녀가 고개를 끄덕이는 것에 더욱 신바람이 나서 영어와 불어, 독일어까지 섞어가며 속리를 휘저었다. 웃통을 벗고 근육 자랑하는 소년 같다.

"시대정신 즉 자이퉁 스가이스트의 재정립이 필요한 때입니다. 보편적 가치의 상실이 우리 시대의 불행이지요."

윤 시인은 고즈넉한 풍격으로 금방이라도 한 수 읊을 자세였다. 김춘수와 김수영, 서정주를 얘기하고 서른에 잔치는 끝났다는 것은 어처구니없는 사기꾼이라고 열을 올렸다. 나 역시 몇 마디 과시하는 말들을 해댔는데 내 화술은 역부족이었다. 그러나 그것보다는 왠지 유치한 놀이에 열중하고 있다는 생각이 내 말꼬리를 단단히 잡고 늘어졌기 때문이다. 유아기적 놀이치고는 정직하지 못하다는 부끄러움이 뒷덜미를 잡았다.

"서울에서 오신 훌륭하신 분들을 마주 뵙고 있으니, 떨립니다."

그녀는 두서없이 내뱉는 우리들의 요설을 경청하는 단정한 청중이었다. 저마다 과잉동작을 구사하며 환심을 사려고 안달이었지만 정작 간질간질한 질문은 하지 못했다. 그것은 우리가 지닌 한계였다.

몇 살이며, 혼자 사는 여인인가, 어느 정도 함부로 대해도 되는가 따위가 진작부터 벗겨보고 싶은 껍질이지만 누구도 그런 질문을 꺼내지 못했다. 체면이라는 구차한 굴레 속에서 허우적 거리기만 했다. 더욱이 그녀에게는 헤픈 송곳질을 함부로 못하게 하는 위엄과 기품이 있었다. 간간이 주인 여자를 유도해서 석간수만큼 씩의 정보로 목을 축이는 것이 고작이었다.

"아주머니는 참 좋은 동생을 두셨습니다. 하늘에서 잠시 내려온 선녀 같네요."

"아이, 그래요. 고맙습니다. 참 좋은 동생인건 사실이에요. 이 동생은 살아있는 부처예요. 남편과 사별하고 혼자 살지만 불심이 돈독하기가 여간 아닙니다. 머리만 깎지 않았다 뿐이지 출가한 스님 못지않게 정진하는 생활을 한답니다."

"아~, 그러세요. 어쩐지 기품이 있어 보인다했더니."

"송구스런 말씀입니다. 그냥 부처님께 의지해서 하루하루 살아갈 뿐입니다."

"영숙 씨라고 했지요?"

"예, 김영숙입니다. 흔하고 천한 이름이지요."

"원, 별소리를! 정감어린 이름인걸요."

"어이, 윤 시인! 영숙 씨를 위해 한 수 읊어보슈. 뭐, 이런 거 있잖소. 인제는 돌아와 거울 앞에선 내 누님같이 생긴 꽃이여. 이런 거."

"좋습니다. 한잔 더 마시고."

그는 사극에 나오는 의적 같은 폼으로 한잔을 벌컥벌컥 들이

키고 심호흡을 하더니 주절거렸다.

　　속리에 왔다가
　　넋을 잃었네
　　이제 막 망울 터트린 망초꽃 한 다발
　　그 향기에 취하고 술에 취해서
　　가슴이 뻥 뚫려
　　두 손으로 막았네

　　속리에 갔더니
　　눈이 부셔서
　　먼눈을 감싸고
　　넋을 잃었네

"와— 멋지다. 자 한잔 더!"
　김 교수는 아예 바지를 둥둥 걷어부치고 설쳐대는 폼이 진두 지휘하는 지휘관 같다.
　"몸 둘 바를 모르겠습니다. 폐가 되지 않는다면 사례로 제가 한잔 올리겠습니다."
　그녀는 조심스런 손놀림으로 윤 시인의 잔을 채웠다.
　시계를 힐끗 보니 자정이 지났다. 늘어선 가게들의 불빛들이

하나둘씩 사라지고 있었다.

"주인장! 여기 한잔 더 주시오. 밤을 새워도 후회가 없겠소."

"괜찮으시겠어요?"

"에이! 우리가 어디 한두 살 먹은 어린앱니까?"

김 교수의 호기는 하늘을 찌를 듯했다. 나 역시 전신마취를 당한 듯 팔다리의 감각이 무디어져가고 있었다. 벽에 기대고 싶었지만 평상 위라 뒤로 손을 빼서 지렛대처럼 몸을 버텼다. 슬슬 잠자리 걱정이 됐다. 밤새워 마시자는 김 교수도 한 시간 이상 더 버티지 못하고 고꾸라질 기미였다.

"아줌니, 이제 문 닫을 시간이지요?"

"걱정 마세요. 여기는 관광지라 밤새 문 열어 놓기도 해요."

"그래도. 다른 손님도 없는데 우리 때문에. 어디 초라하지만 아담한 여인숙 같은 곳이 없나요? 토담으로 담을 쌓은 작은 집에 늙은 부부가 손님을 맞이하는 그런 집 말입니다."

"에이, 선생님도! 요즘 그런 여인숙이 어딨어요. 여긴 관광지라 온통 모텔이니 호텔, 무슨 장이니, 이런 것들뿐인 걸요."

"거참, 박 선생도. 야릇한 향수병이네. 그런 여인숙에 누가 들겠소. 21세기 운운하는 얘기를 실컷 듣고서 19세기를 찾겠다는 겁니까?"

김 교수는 나무라듯이 내 말을 막았다.

"그래도 속리에 왔으니 속리답게."

"차라리 이 평상 위에서 하늘을 이불 삼아 누웁시다."

"윤 시인은 야전 체질인가봐."

"그런 건 아니지만 별이 저렇게 쏟아질 듯이 총총하질 않습니까."

과연 그랬다. 별의 존재를 잊고 사는 도회의 습속에 젖어서 우리는 윤 시인이 지적을 해주고 나서야 처음으로 하늘을 쳐다보았다. 선명한 우주 스크린에는 손에 닿을 듯한 총총한 별들이 앙증스러운 교신을 보내고 있었다.

"에이! 저 위에 있는 관광호텔로 갑시다. 내게 할인카드가 있으니 그것도 써먹을 겸."

"김 교수, 속리에 와서 관광호텔은 무슨. 잊혀져가는 것들을 찾아야지요. 자다가 깬 노부부가 눈을 비비며 일어나 구부정한 허리로 방문을 열어주는 그런 여인숙이 제격이지요."

"허참−, 박 선생! 메밀꽃 필 무렵에 살고 있네."

"잠시나마 젖어보고 싶은 거지요."

"21세기, 정보화시대로 치닫고 있습니다. 까닥하다간 부시맨 됩니다. 콜라병을 신으로 모실 작정입니까?"

"그럴 리야 있겠습니까. 그리워하는 마음 때문이지요."

무안을 주는 김 교수의 발언에 나도 약간 언성을 높였다. 속리는 어디에도 없는 모양이다.

"죄송합니다만, 제가, 한 말씀 드리고 싶은데."

묵묵히 경청만 하던 여인이 나지막한 목소리로 우리의 눈과 귀를 모았다.

"무슨 말씀이신지?"

"차마, 입이, 떨어지지 않습니다만."

"말씀해보시지요."

"누추하기 짝이 없습니다만, 저희 집에 묵으시는 게, 어떨지요?"

"예에?"

반문인지 감탄사인지 모를 소리가 우리의 입에서 동시에 튀어 나왔다.

"초라한 초가입니다만 아랫방이 비어 있는데."

대단히 민망한 말을 꺼내는 소녀처럼 여인의 음성은 가늘게 떨렸다. 잘못을 저지른 아이가 변명하듯 기어들어가는 목소리였다. 우리는 잠시 정지된 화면처럼 굳었다. 김 교수가 술상을 탁 치며 비명에 가까운 소리를 지르자 정지 동작이 풀렸다.

"캬-! 이런 황송할 데가 있습니까. 노상에서 얼어 자는가 했더니 선녀를 만나 상계의 수정궁에 유하게 될 줄이야. 캬- 캬-!"

"잘됐네요. 저는 이만 들어가야겠네요. 술상은 그대로 두시면 됩니다."

주인 여자가 반색을 하며 끼어들었다. 안주 몇 접시 놓고 뜻
모를 이야기들만 지껄이는 우리 축들에 대해 약간 지친 모양이
다. 거푸 들이킨 술기운 덕분에 호탕기를 휘둘렀으나 주인 여자
의 눈에는 꾀죄죄한 먹물 나부랭이로 비쳤는지 모른다. 주인 여
자는 서둘러 홀을 정리하기 시작했다.

"그런데, 죄송합니다만, 집이 워낙 누추하고, 오래 사용하지
않은 방이라 잠깐만 먼지라도 훔치고 모시러 오겠습니다. 죄송
합니다. 잠시만 기다려 주세요."

"에이, 마굿간에 하루 재워 준대도 감지덕지입니다."

윤 시인이 남은 패기를 휘둘렀다.

"그럴 수는 없습니다. 귀하신 분들에게. 잠시만 기다려 주세
요."

겁먹은 듯한 큰 눈망울을 깜박이며 약간은 애원하는 목소리
에 더 이상 우리의 객기가 그녀를 제지할 수 없었다. 모시치마
사각거리는 소리를 내며 그녀는 평상 위에서 내려와 가벼운 목
례를 하고 건너편으로 걸어갔다. 하얀 구름이 봉우리 너머로 사
라지는 것처럼 건너편 골목으로 총총히 멀어져 갔다.

서터를 내린 주인 여자도 간단한 인사를 남기고 가버렸다.
주변 가게들도 이제 무료한 기다리기를 멈추고 불이 꺼졌다. 드
문드문 당간지주처럼 솟아있는 가로등만이 적막을 지켜주는
파수꾼처럼 우뚝우뚝 버티고 서 있다. 자정을 훨씬 넘긴 시각이

었다. 남은 술을 따르며 우리는 인적 끊긴 속리에 동그마니 남겨진 존재가 되었다.

　30분 쯤 지났다. 그녀가 나타나지 않았다. 평상 귀퉁이에 수북이 널려있는 호리병을 흔들어 남아있는 술을 탁탁 털어가며 모두 마실 때까지 그녀는 나타나지 않았다. 돌아갈 둥지가 없다는 불안감보다는 뭔가 개운찮은 눈빛이 김 교수와 윤 시인에게 역력해지기 시작했다.

　"자아, 자아, 갑시다!"

　자세가 흐트러진 김 교수가 평상에 걸터앉아 신발끈을 묶기 시작했다.

　"가다뇨? 어디로?"

　나는 그의 동작에 의아해하며 신기한 질문을 던지는 아이처럼 눈을 크게 떴다.

　"어디긴 어딥니까. 관광호텔로 갑시다. 빈 방 있을 겝니다."

　여태 김 교수에게는 관광호텔이 유효한 대상물이었다.

　"아니, 기다려야지요."

　"기다리긴 누굴 기다린다는 거요?"

　말투가 고약해진다.

　"윤 시인! 나섭시다. 슬슬 걸어가면 반시간이면 관광호텔에 닿을 겝니다."

"그럴까요. 원 세상에! 귀신에 홀려도 유분수지."

"안 됩니다. 기다립시다."

나의 단호함은 어디서 비롯된 것인지 알 수 없다. 단지 그녀가 안 온다는 걸 생각해보지 않았을 뿐이다.

"박 선생! 뻔한 거 아닙니까? 갑시다. 갔어요, 갔어. 무슨 정분이 깊다고 처음 보는 사내들을 자기 집으로 끌어들이겠습니까? 판단력이 그렇게 허술해가지고 우째 좋은 소설을 쓰겠소."

빈정거리는 김 교수의 말에 나는 발끈하는 감정을 억누르며 더욱 단호하게 힘주어 대꾸했다.

"옵니다. 반드시!"

"에이, 사람도 싱겁기는. 어유! 취한다. 윤 시인 어서 올라갑시다. 이거, 몇 시나 되었나."

그는 몸을 비틀며 손목을 쳐들어 멀리서 비추는 가로등 불빛을 향해 시계를 본다.

"어이쿠! 한 시가 넘었네. 큰일 났네. 내일 서울 올라가자마자 방송국에 가야하는데."

"그럽시다, 박 선생. 길바닥에 내다놓은 이삿짐처럼 이게 무슨 꼴입니까."

윤 시인도 조바심이 나는 모양이었다. 피어오르는 물안개 속에 앉아있던 것 같던 속리의 기고만장한 치기가 말라가고 있었다. 그것이 적막하고 을씨년스러운 밤거리의 풍경 때문이라면 다행이다. 그러나 이어진 김 교수의 냉혹한 분석 앞에 나는 어둡고 우울한 우리 시대의 방명록을 보았다.

"그렇고 그런 여자 아닙니까? 뭘 기대합니까? 친분 있는 식당에 얼씬거리다가 괜찮다싶은 좌석이면 합석해서 술이나 얻어먹고. 내키면 그 이상도 좋고. 뻔한 거 아닙니까? 그게 뭐 별난 겁니까? 흔히 볼 수 있는 행태 아니오? 에, 또, 우린 셋이고, 게다가 변변찮은 글쟁이 나부랭이들이란 걸 알아버렸고. 박 선생! 꿈 깨시오. 사람이 순진하기는. 작가는 잡놈이 되어야 합니다. 수백 명 모가지를 거침없이 댕강댕강 자를 줄 알아야 합니다. 어~ 취한다! 빨리 갑시다. 잠깐이라도 눈을 붙여야 내일 또 하루 전투를 치를 거 아닙니까."

"어디 용병으로 출전합니까?"

"에이, 딴소리 마시고. 사는 게 하루하루 전쟁 아닙니까?"

"김 교수! 요즘 힘든가 봅니다."

나는 김 교수가 잃어가고 있는 그 무엇에 불을 지피려고 엉뚱하나 간곡한 능청을 떨었다. 아직 여기는 틀림없이 속리라는 사실을 그에게 주입시키고 싶었다. 우리는 야심한 밤거리에서 부질없는 논쟁에 열을 올렸다. 불신과 신뢰, 욕심과 이기, 얻는 것이 무엇이고 잃는 것이 무엇인가라는 따위의 말들로 적막한 시골 마을을 어지럽혔다.

논쟁이라면 김 교수가 이골이 나있을 것이다. 고르고 차분

한 어조에 단련되어 있는 평론가다. 부질없어 보이는 나의 설득에 급기야 그는 비속한 말들을 창처럼 꽂으며 열을 올리고 말았다.

"박 선생! 껄떡거리지 마시오. 건수 있을까 침을 흘리는 모양인데, 치사하게 놀지 맙시다. 똥인지 된장인지 꼭 찍어 먹어봐야 됩니까? 척하면 삼천리고 툭하면 담 밑에 호박 떨어지는 소리 아닙니까. 초상집 개처럼 덜덜 떨며 지금 뭘 하고 있는 겁니까? 빨리 갑시다."

그는 취기 위에 정색을 얹어 언성을 높였다.

"씨~팔, 올해 신수에 이런 건 없었는데. 재수 옴 붙었나. 운 좋은 년은 넘어져도 가지밭에 넘어지는데. 야심한 객지에서 객사하게 생겼네. 얌전하게 세미나에나 참석하는 건데."

윤 시인은 독백처럼 반말지거리를 내뱉었다. 얼음판 갈라지듯 동지애에 금가는 소리다. 시동 걸린 동력장치처럼 그는 가속도를 붙여 쏘아붙일 기세였다.

그러나 사격중지! 사격을 멈춰야하는 상황이 발생했다. 김 교수가 팔을 쳐들고 삿대질하려는 순간, 빠른 속도로 달려온 작은 자동차가 우리들 곁에서 급정거를 했다.

그리고 몹시 당황해하는 낯빛의 그녀가 차에서 내렸다. 김 교수는 치켜든 팔을 허공에 둔 채 차에서 내리는 그녀를 바라보았다. 외계에서 막 착륙한 비행접시를 바라보듯 당혹스러움이 역력했다. 어쩔 줄 몰라 하며 그녀가 던지는 사과의 말들을 우리는 정신없이 주어담아야했다. 아삭아삭하던 모시한복이 구겨져 있었고 소매와 치마의 아랫부분은 후줄근하게 젖어 있었다.

걸어서 20여 분 거리지만 마음도 급하고 편하게 모시려고 차를 몰고 오다가, 급한 마음과 서툰 운전 솜씨 때문에 집 앞에 있는 개울에 차가 빠져 버렸다는 것이다. 액셀레이터를 밟을수록 헛바퀴만 돌고 자갈만 더욱 깊게 패이더라는 것이다. 한복을 입은 채로 물에 들어가 돌을 괴고 혼자 밀고 법석을 떠느라 늦어졌노라고, 고르지 못한 숨을 헐떡거리며 말했다. 얼굴은 백지장처럼 하얘져 있고 호수같이 큰 눈엔 눈물인지 별빛인지 빤짝거리는 것이 어려 있었다.

달빛 아래 빛나는 작은 초가와 싸리 울타리와 사립문은 취기 때문에 물체가 잘못 보이는 것이 아닌가싶을 정도로 낯설었다. ㄱ자 초가의 아랫방에 침구가 단정하게 깔려 있었다. 차를 한 잔 하시라는 권유에 거실 겸 서재로 보이는 건넌방에 안내되었다. 실내엔 상품으로 구입할 수 있는 물건은 하나도 없었다. 통나무로 깎은 다탁을 술상 삼아 우리는 거기서 또다시 술판을 벌였다. 무례와 불손에 대한 모든 책임을 술에 전가하려는 무언의 합의가 순간적으로 작동되었기 때문이다. 여러 종류의 과일주들이 벽면에 그득했다. 취미삼아 이것저것 담궈 놓은 것이라 했다. 마실 사람도 없으니 맘껏 드시라는 배려에 온몸이 저렸다.

자기 나름대로 호의를 베풀려고 했는데 미숙한 운전 솜씨 때문에 길거리에서 이슬을 맞으며 기다리게 했노라고, 죽을 죄 지은 것처럼 안절부절못했다. 갓 시집온 새댁처럼 잠시도 자리에 가만있지 못하고 부산한 접대의 움직임이 위태로워 보였다.

김 교수와 윤 시인은 묵언중인 수도승처럼 입을 닫았다. 더덕술, 매실주 등 상에 올린 것을 거푸 마셔댔다. 그것이 그들에게 허용된 유일한 자유인 양 로봇인형처럼 술잔 들이붓는 단순 동작을 반복했다.

우린 그날 바깥이 희뿌옇게 밝아질 때까지 술만 마셨다. 윤 시인이 벽에 잠깐 기대어 졸았던 것이 그녀가 베풀었던 호의에 대한 유일한 답례였다. 아랫방에 정갈하게 펼쳐놓은 침구에는 발목도 넣어보지 못했다.

돌아오는 버스 속에서 김 교수는 머리를 뒤로 젖히고 눈을 감고 있었다. 군데군데서 웅성거리며 세미나에 대한 평가의 말들이 무성했다. 21세기를 이끌어갈 동양정신과 새로운 대안문화가 어떻고 인간성 회복 운운하는 말들이 들렸다.

"박 선생, 어제 있었던 일들을 소설로 써보시지요."

"자는 줄 알았더니."

"너무 피곤해도 잠이 안 오지요."

"얘기꺼리가 될까요?"

"그럼요!"

"김 교수가 악역으로 등장해야 될 텐데."

"업보지요."

"마무리는 어떻게 할까요?"

"글쎄요. 후일 다시 그 곳에 가보니 집은 흔적조차 없고 잡초만 무성하더라! 어떻습니까?"

"글쎄요. 전설의 고향 같은데."

그때 버스 내의 스피커에서 음악이 흘러나왔다. 2박3일 토론에 지친 참가자들에 대한 배려인지 귓전을 편하게 해주는 은은한 상송이었다. '그리운 시냇가', 아다모의 노래가 감미롭게 들려왔다. (*)

쥐라기의 사계

쥐라기의 사계

    기록되어야 할 것이 있다면, 기록되지 말아야 할 것도 있다. 우연히 목격해버린 혈육의 불륜 현장, 솜털 보송보송했던 여제자가 붉은 조명 속에서 가슴팍 드러낸 가운을 입고 중년 교사의 뒷덜미를 향해 '야, 네모난 밥통'이라고 아찔하게 불러대는 별명, 따위는 기억의 노트에서 지워야 한다. 유추와 추상, 씻어지지 않는 앙금까지도 피갈이하듯 씻어내려야 한다. 그러나 찌렁찌렁하게 심판할 수는 없어도 두 눈 부릅뜨고 기록되어야 할 것도 있다.

    요한, 네가 신봉해마지않는 신의 칼날은 언제나 철늦게 피는 산국처럼 뒷자리에 예비되어 있다. 당장의 심판을 기대할 수는 없으나 나는 내가 가진 마지막 양식으로 그 일을 외면할 수 없다. 김호영의 죽음을 기억하겠지. 죽음도 워낙 인플레가 심해

장렬한 집단 분신마저 헐값으로 매도되는 판에 약간은 청승이네. 그러나 한 때 막막하게 상경해서 양은솥에 라면을 푸지게 삶아 허겁지겁 함께 퍼먹었던 동료의 죽음에 대해 마지막 애정으로 내 얘기를 들어라. 그해 여름의 끝, 단순 추락사로 정의되어 태워지고 바수어버린 것이 지금까지의 진실이지.

7년이 지난 지금, 그가 남긴 한 묶음의 노트를 발견했다. 보지도 않으면서 책꽂이에 박혀있는 책더미 속에 섞여 있었다. 이사한다고 여러 해 방치되어 있던 서랍과 서가를 정리하던 중 귀퉁이가 빛바랜 노트가 흘러내렸다. 별 생각 없이 폐품더미로 던지려다가 마침 담배 생각이 나서 의자에 앉아 펼쳐보았다. 그건 뜻밖에도 우리가 기피골 산자락에 뼛가루를 흩뿌려버렸던 김호영의 노트였다.

이삿짐 보따리를 챙기는 일은 나태와 짜증이 범벅되기 딱 알맞은 작업이다. 특히 책 보따리를 싸는 일은 머리가 욱신거리고 노동의 낭비라는 생각으로 분노까지 치민다. 다시 보지도 않을 번뇌 덩어리를 후련하게 버리지 못하고 그것을 다시 뭉쳐 싸야하는 일, 분노를 너머 절망감까지 든다. 신선도를 상실한 묵은 생선상자, 아니 발효되지도 못하고 썩어가는 생선더미를 꾸리는 것과 무엇이 다르겠는가. 요긴한 것도 아니면서 버리지 못하는 자신에 대한 증오로 씩씩거리며 얼굴이 벌겋게 달아오르는 일이 책을 싸는 일이다. 또다시 낯선 방에 던져져 보따리를 다시 풀고 배반할 수 없는 동지나 되는 것처럼 그것들을 정돈할 생각을 하니 답답하고 한심하다. 몇 권 싸다말고 다시 담배를 피워 물고 분류를 해서 허리 높이만큼 쌓으면 어느새 엉덩이에 부딪쳐 이음새 없는 레고 조각처럼 우르르 무너져 버린다. 책이란 모름지기 애물단지란 말을 실감한다. 사랑과 증오가 뒤엉킨 허영의 껍질이다. 고물장사나 거들떠보는 것이 책 보따리다. 그러다가 낯익은 김호영의 글씨가 빽빽하게 적힌 노트를 펼쳐든 순간 후다닥 소스라쳐지며 바싹 다가앉았다. 이상한 힘에 끌어당겨지는 느낌이었다. 엉겁결에 파충류의 꼬리를 잡은 것처럼 화들짝 놀랐다. 그러나 이내 심한 부끄러움이란 것을 알았다. 죽은 거미를 만지는 듯한 섬뜩함 너머에 김호영이란 알알한 이름이 있었다.

죽음이란 타인의 옷깃을 스치는 바람일 뿐. 죽음은 떠난 자의 것이 아니라 남은 자의 몫이다. 그래서 늦가을의 맥없는 볕이 내려앉는 기피골 구석에 쭈그리고 앉아 볕살의 무게만큼 허약한 송별을 했었지. 오징어 몇 쪽, 시장에서 사온 뻣뻣하게 굳은 부침개 몇 장, 면장갑마저 벗어던지고 동서남북에 휘휘 뿌려댔던 허연 가루가 최루가스로 변해 우리는 질금질금 청승을 떨었지.

「에이, 못난 놈! 지가 무슨 등산 전문가라고 혼자 꾸역꾸역

백운대에 올라가.」

「실족사가 아니야.」

「그러면?」

「항거했던 것이겠지.」

「어쨌든 자신을 다스리는데 좀더 신중했어야 했어. 아까운 천재야.」

「세상에 어찌 인간 승리만 있겠어. 인간 패배도 있다.」

저마다 감상을 추스르며 한 마디씩 거들었다. 그것이 마지막 말임을 아는 까닭에 대궐 안 내관들이 발걸음 옮기듯이 조심스러웠다. 그 말들은 냉랭했다. 청운의 꿈이 무엇인지도 모르고 이불 보따리를 들고 서울역에 내려 유학의 첫걸음을 내디뎠던 그때처럼 가슴이 무거웠다. 신체가 불편한 호영이를 잘 부탁한다는 그의 어머니의 애잔한 당부는 차가운 객지의 바람이 우리들의 얼굴에 부딪치자 금세 아스라이 멀어져 갔다. 각자 제 한 몸 추스르기에 녹녹치 않을 것이라는 불길함으로 우리는 떨고 있었다.

「우리들의 우상, 아니 우리를 주눅 들게 하는 그늘, 그것이 호영이었어. 자극과 충격이기도 했고. 그를 따라잡으려는 노력 속에는 그의 파멸을 간절히 바라는 응어리가 없었다고 할 수 없지.」

「우리가 어렸다는 것이 용서할 수 있는 명분이 될 수 있을까. 우린 가까이에 있는 그를 적으로 삼았던 게지.」

　고백과 자학을 적당히 버무려 마른 낙엽에 던지며 우리는 일상을 생각하기 시작했다. 송별의 장소나 알아두자고, 가끔 찾아와 녀석이 좋아하던 소주잔이나 부어주자고, 떡갈나무 둥치며 너럭바위 뱃가죽에 낙서 같은 징표를 새겨두고 내려왔다. 그리고 우리는 뿌리치듯, 징한 것으로부터 결별했다는 어이없는 뿌듯함을 숨기며 산길을 내려오자마자 진창 마셨다. 진호, 동규, 강철이, 나, 그리고 너 요한, 서투른 작별을 두고 장엄한 의식을 치른 듯 정신없이 소주를 들어부었다. 그러나 누구도 오문영의 존재를 그 자리에 끌어들이는 지혜가 없었다. 노회한 술수나 어설픈 치기나 책임을 회피하는 데는 유사점이 있는가보다. 오문영과 관계가 우리에게는 치기였지만 호영에게는 그게 아니었다.

　다음날부터 우리는 넥타이 단정히 맨 일상으로 돌아와 일상의 입맛을 돋우려 한 움큼씩 조미료를 부어대며 헐떡거렸다. 가끔씩 찾아보자던 비장한 약속은 그날 이후 유효성이 소멸되었다. 김호영의 죽음은 1단 기사로도 취급되지 못하고 그가 흩뿌려진 자리에는 무심한 풀포기가 자욱하게 자라고 있을 것이다. 깬석기보다 무성의한 돌멩이로 나무둥치와 바윗등에 새겼던 암호도 흔적이 묘연해졌을 것이다. 그날 소멸의 현장에 참여했던 서넛의 무리도 저마다 제자리 발비비기에 여념이 없는 일상들, 결국은 잊혀질 죽음을 위해 존재하는 것인 줄 까맣게 잊고 사는 세월이었다. 남아있는 우리를 연결하고 있는 고리마저 푸석푸석하게 녹슬고 있었다.

요한, 너는 네가 신봉해마지않는 신의 저울에 충실하며 살고 있겠지. 간간이 생활을 이야기하고 우정을 노래하며 빛바랜 사랑의 정의도 끼워 넣는 것이 우리들의 삶법이다. 녀석의 죽음에 대해 이렇게 되새김질하기까지 사실 나는 용기가 필요했다. 죽음마저 부질없는 남의 일이다. 남의 일에 마음을 푹 펴서 쏟을 만큼 아량과 여유를 지니지 못한 게 우리 시대의 풍습이다. 김호영의 죽음은 엄격히 말해서 흔한 자살 중 하나다. 태어나고 죽는 것은 우리 시대의 사소한 일 중 일부다. 그러나 나는 그의 비망록을 접하고 그것도 나에게 전달할 명백한 의도로 내 책꽂이에 놓여졌다는 것으로 서늘한 책무를 느낀다. 그것을 통해 나는 피할 수 없는 공범의식에 허덕인다.

김호영의 죽음은 타살이다. 그 범인이 너무나 가까이 있다는 것이 고통이다. 가까이 있으면 어떤 형태로든 영향을 받는다. 그럴수록 나에겐 범인의 죄질이 명확하게 보인다. 그리고 벗어날 수 없는 나의 공범의식과, 이승의 칼로는 단죄될 수 없는 교묘한 갑옷을 걸치고 있는 범인의 가증스러움에 치를 떤다. 그는

자살했다. 그러나 타살이라고 주장하는 내 말을 네가 신봉해마
지않는 신의 저울에 올려 심판해주길 바란다.

「알다시피 나는 허물이 있는 사람입니다.」

최 교수는 음성을 낮추며 침착함을 가장했으나 사실은 들떠
있었다. 산타페호텔의 라운지는 덩치 큰 열대어들이 담겨있는
커다란 수족관 같았다. 잽싸게 꼬리를 놀리는 몸집 작은 어족은
보이지 않았다. 군데군데 깊숙한 의자에 몸을 기댄 몇몇의 무
리는 태평성대의 제단 위에 놓인 성물처럼 정중했다. 그림 속에
갇혀있는 인물들이 아닌가라는 착각이 드는 정적이다. 그 정물
화 속에서 유일하게 최 교수만 가늘게 떨고 있다. 온몸이 파묻
힐 정도로 깊숙한 의자의 배려를 무시하고 소파의 *끄트머리*에
엉덩이를 위태롭게 걸치고 크리스털 물컵을 만지고 있다.

「글쎄 그게 어디 최 교수님 잘못이겠어요. 최선을 다했으니,
자신의 운명이겠지요.」

어색한 분위기를 감지한 듯 일행 중 누군가가 윤활유 치듯
거들었다.

「예, 알아요.」

오문영의 대답은 간단했다.

아내와 사별한 최 교수는 2년간의 독신생활을 청산하려 지
금 이 자리에 앉아 있다. 익숙하지 않은 무대에 떠밀려 나와 정

중과 긴장을 조심스럽게 조합하며 오문영을 훔쳐보는 것을 잊지 않는다.

「행인지 불행인지 딸린 아이는 없습니다.」

「사별한 것이 무슨 흉이 되겠어요. 제가 도움이 되었으면 좋겠어요.」

최 교수는 오문영의 명쾌함과 도량에 탄복을 하며 신음을 삼켰다. 사전 정보가 있었지만 스물일곱 살 처녀의 당돌한 도량을 수습하기에는 가슴이 벅찼다. 마흔세 해 동안 살아온 보람이 따끈한 식탁으로 다가오는 것 같아 목이 탔다. 논문이란 이름의 괴물에게 묻혀서 억울하게 날아가 버린 2,30대, 2년간 혼미와 미망을 넘나들며 간병을 했건만 아내는 결국 산소호흡기마저 필요로 하지 않았다. 마음 붙일 곳이 없는 생활은 자꾸 구겨지는 쪽으로만 흘렀다. 어긋나고 비틀리는 것을 바로잡으려는 노력으로 에너지의 상당량을 소모했다.

한참 후에야 다리를 꼬고 앉은 오문영의 자세가 보였다. 허벅지를 위태롭게 동여맨 미니스커트 아래로 미끈하고 오동통한 다리가 10도 정도로 기울어져 가지런히 포개져 있다. 젊음이란, 건강함이란 저토록 숨 막히게 하는 걸까. 할 만큼 했다. 스스로의 복이 그것뿐인데. 나를 비난할 돌팔매가 있을까. 처가에서도 포기반 종용반으로 새 출발을 묵인하고 있지 않은가.

세수와 면도를 잊고 매달렸던 지난 두 해 동안의 정성이 허술한 것이라고 누가 수군거릴 수 있을까. 3년상은 치러야지. 지금이 어느 시댄데 그따위 소리야. 정부와 짜고 청부살인행위마저 낯설지 않은 세상인데. 다 자기 복이 그것뿐인데 누구를 탓하겠어. 아직 앞길이 창창한데 홀애비로 살아가라고 누가 강요할 수 있어. 남의 말이라고 엉뚱한 잣대를 슬쩍 들이밀지 마. 분분한 논란이 귀에 어른거렸으나 그것들은 이미 시효가 끝난 약물이다. 최선을 다했다. 식어가는 숨소리를 위해 진땀을 흘린 세월이었다. 최 교수는 자신의 노력이 적극적인 것이었다는 것을 강조하며 지금의 정경에 정당성을 부여하려 애썼다.

자신의 삶에 이미 상당 부분 깊숙하게 다가와 발을 담근 오문영의 넉넉함에 폭죽이라도 터뜨리고 싶었다.

「좋은 출발을 위해서 술 한 잔 사주세요.」

오문영의 당돌함은 참으로 신선한 바람이었다. 술 담배를 못하는 최 교수지만 제자들과 가끔 어울린 술자리의 기억을 살려 좋은 분위기를 꿈꾸었다. 중매꾼으로 나선 사람들이 바쁜 일이나 있는 것처럼 서둘러 자리를 피해주었다. 카페로 자리를 옮겨 오문영은 위스키를 마셨고 최 교수는 스쿠류드라이버를 한 잔 시켜놓았다. 어느 개그우먼이 흉내 낸 것처럼 '아름다운 밤이예요'였다.

「저, 술 잘 마셔요. 취하면 저도 몰라요.」

점잖의 끈을 놓아서는 안 되는 사은회 자리가 아니다. 상대의 빈틈을 포착하려, 자신의 허점을 숨기려 발끝을 꼼지락거려야 하는 학회의 인사들과 만난 자리도 아니다. 곧바로 새 아내가될 여자가 부리는 응석이 최 교수는 너무 좋았다.

「담배 한 대 피울게요. 어쩌면 마지막이 될지 몰라요.」

마지막이란 말에 최 교수는 깜짝 놀랐다. 또 무슨 마지막이란 말인가. 아내와의 사별 이후 '마지막'이란 말은 가슴팍을 후려치는 무쇠덩이였다.

「술 담배를 못하신다니 저도 따라야지요. 오늘 실컷 마시고피우고 끊을게요.」

연이어 나오는 그녀의 말에 조였던 최 교수의 가슴이 숨 돌릴 틈 없이 트다닥 터지며 파안대소하고 말았다. 짧으나 아린당혹의 순간이었다.

「미안 미안, 쏘리 쏘리!」

최 교수는 오문영이 알아들을 수 없는 탄성까지 섞어가며 호탕하게 웃었다.

「대학생활 이전까지 지방에서 살았다고 들었는데 사투리가 전혀 없군요. 음성도 무척 맑고.」

지금 순간 동원할 마땅한 예찬의 말이 없어 최 교수는 목소리가 어떻다는 어쭙잖은 말을 꺼냈다.

「어머, 그래요. 감사합니다.」

오문영은 드러난 이를 손으로 가리지 않고 크게 따라 웃었다. 식성과 언어습관은 상당히 수구적인 관습을 지닌 것이라는 논리 따위는 끼어들 틈이 없었다. 그녀의 깔끔한 재치와 너절한 격식과 편견을 떨쳐버리는 활달함에 최 교수는 가슴이 터질 듯이 부풀었다. 스크류드라이버를 시키는 것만으로 의사가 전달된다고 훈수를 던져 주던 동료 교수의 말에 감사했다. 빨간 앵두 모양의 열매가 유리잔에 걸려 대롱거리는 모습이 사랑스러웠다. 그사이 오문영은 서너 차례 위스키잔을 비웠다. 그리고는 그녀가 최 교수의 곁자리로 옮겨와 어깨를 기대었다.

요한, 그때 김호영이 자꾸 허황된 얘기를 해대던 것이 생각나지. 자신이 긁적인 이상한 지도를 펴놓고 환상의 섬이니 부동항이니 하면서 암호 같은 말들을 지껄일 때 이미 그의 뿌리는 습기가 말라가고 있었다. 우리가 그에게 다가갔던 사랑의 방식이 참으로 부정직했다는 것을 몰랐다. 치기와 너스레로 그를 감싸는 것만이 사랑이라고 잘못 알았다. 길이가 짧은 한쪽 다리를 받쳐주는 것이 우리들의 호방함일 것이라고 지레짐작하고 엉뚱한 곳으로 그를 끌고 갔던 것은 아닐까. 편견 없이 대한다는 거창한 명분에 우리 스스로 취해서 그의 아픔을 외면하고 우리끼리 자기만족에 회희덕거린 것은 아니었을까. 탈출을 꿈꾸면서도 탈출을 감행할 수 없는 것이 우리에게 주어진 함량이다.

그리고 명백한 명분도 없이 탈출한다는 것은 무의미하다는 변명이 함정이다. 명백한 명분이야 독립운동이나 반정부운동이 확실하지. 그러나 우리 모두가 혁명가나 투사가 될 수 있는 게 아니지. 그것 또한 변명에 불과하겠지만 함정은 어떤 것이든 고통이다. 글쎄 함정 속의 고통을 즐기는 족속이 있을까. 개미귀신이 파놓은 함정을 기어오르는 개미의 안간힘을 본능적 유희라고 할 수 있을까. 김호영이 죽음에 이르기까지 뒤척였던 몸짓을 자족, 자학의 유희라고 할 수 있을까.

실어 증세를 보일 때 알아챘어야 했는데, 후회는 지금의 일이다. 후회란 바득바득 끼어든 막차 다음에 오는 예비차 같은 것, 갈증을 없애려고 엉겁결에 소금물을 잔뜩 들이킨 후 슬그머니 내밀어진 찬물 사발 같은 것이다. 호영은 조금씩 말수가 잦아들더니 잊혀진 뻘밭 같은 침묵으로 하루하루를 보내곤 했다. 가벼운 수다와 정담을 즐기고 그것에 능통했던 그가 모래밭에 던져진 해파리처럼 습기 빠지며 말라가는 것을 알지 못했다. 폐쇄된 공간의 시멘트벽에 머리를 처박으며 작아지는 숨소리를 듣지 못했다.

그에 대한 우리들의 사랑법에 회한의 정체가 있다. 철딱서니 없었다고 뭉뚱그리기에는 고약한 초상이 그 시절이었다. 지금까지 알알한 기억의 편린으로 각인되어 있는 검정 거머리 선생. 그에 대한 반역이 뒷날 호영과 우리 몇몇을 결속시킨 그물망이었다.

호영은 우리에게 늘 두려운 존재였다. 두려움을 제공한다는 것은 그를 질시와 따돌림의 표적에 설치해 놓기에 충분했다. 열심히 노력한다는 것과 공부를 잘한다는 것을 동일한 축에 놓기 싫어하는 심보가 우리들의 가치체계였다. 중간고사나 기말고사 즉 정규고사를 제외하면 호영이는 늘 1등이었다. 그러나 훈장처럼, 혹은 흉터처럼 기록되는 정규고사에서는 겨우 중상위권을 유지하는 것이 호영이의 한계였다. 호영이의 한계는 나머지 축들에게는 위안을 너머 쾌락이었다. 국영수만 치르는 실력고사 때는 호영의 이름이 꼭대기에서 펄럭였지만 전과목을 치루는 정규고사에서는 호영이의 이름이란 미끄럼틀에 올려진 수박덩이처럼 추락과 붕괴가 참담했다.

그리고 무엇보다 나머지 축들을 뿌듯하게 하는 것은 검정 거머리 선생의 명쾌한 율법이었다.

「김호영, 너는 몸도 불편하고, 하니, 그래서, 반장하기가 힘들다.」

파장 무렵에 장바닥에 흩어진 배춧잎 조각 같은 추천이 호영에게 서너 개 던져졌다. 담임선생인 검정 거머리의 눈치를 슬금슬금 보며 구석자리에 앉은 아이들이 손을 드는 둥 마는 둥 하면서 김호영을 추천했다. 지난 해에도, 지지난 해에도 그 추천이 얼마나 허망한 것인가를 알고 있기에 호영의 이름을 추천하는 아이들의 목소리는 사그라지는 잿불처럼 힘이 없었다. 그러나 이번에는 아예 출마조차 하지 못하게 검정 거머리는 그의 이름을 삭제할 것을 강요했다. 추천된 아이의 이름을 칠판에 적어나가던 임시 서기는 김호―까지 쓰다가 지우개로 쓱 지워버렸다. 반장의 임무란 모름지기 운동화 바닥에 불이 나도록 뛰어다니며 심부름을 해야 하는 것이다. 가끔을 학급을 대표해서 귀싸대기를 얻어맞아야 한다. 공부도 중요하다. 그러나 무엇보다 전체를 이끄는 통솔력이 우선이다. 검정 거머리의 훈화와 함께 김호영의 피선거권은 낙서장처럼 찢겨 버렸다.

「제게도 엄연히 피선거권이 있습니다. 당선되든 낙선되든 나서보고 싶습니다.」

「호영이도 엄연히 우리 반 학생입니다. 출마조차 못하게 하는 것은 선생님의 월권입니다.」

「다리가 불편하다고 반장 임무를 수행하지 못할 이유가 어디 있습니까. 루즈벨트 대통령도 다리가 불편했지만 어려운 시기에 미국을 훌륭하게 이끌지 않았습니까.」

「다리가 불편한 것만 결함이고 눈이 나쁜 것은 결격사유가 아닙니까? 반장에 입후보한 사람 중에 안경을 낀 친구도 있습니다. 본인의 의사를 무시하고 본인의 능력을 검증하지도 않고 후보가 되는 것조차 봉쇄한다는 것은 옳지 않습니다. 누구나 한 쪽이 부족하면 다른 방면에 능력이 탁월합니다. 선생님께서 아시다시피 호영이는 체육을 제외한 학과 성적이 뛰어납니다. 호영이가 반장이 되면 우리 반의 분위기가 월등히 좋아질 것입니다. 바쁘게 뛰어야하는 전달 사항은 부반장이 대신할 수도 있지 않습니까?」

그러나 이런 말들은 어느 구석, 어느 누구, 호영이 자신으로부터도 나오지 않았다. 표준어도 제대로 구사하지 못하는 우리들에게 그런 말은 천상의 언어나 고귀한 족속의 말들이었으니까. 체육시간에 그늘 밑에서 석불처럼 우두커니 앉아 우리들이 뛰어노는 모습을 바라보는 것도, 소풍날이면 아예 호영이의 모습이 보이지 않는 것도 우리들에게 충격이 되지 않았다. 꾀병을 부리면서까지 환자로 선발되길 열망하는 축들은 호영이의 불구가 선천적으로 제공된 특혜나 되는 것처럼 부러워하기까지 했다.

「울 엄마는 왜 날 이렇게 멀쩡하게 만들어서 땡볕에서 이 고생 시키나!」

뙤약볕 아래에서 한 시간 내내 부동자세로 서서 기합을 받을 때면 그늘에 앉아 있는 호영이를 부러워하는 심사가 뒤틀리다 못해 그를 증오하기까지 했다. 그늘 아래 꿇어앉아 있는 그의 행복을 위해 우리 모두가 희생당하고 있다는 생각도 들었다. 그렇게 우리는 속없이 커갔다. 아마 호영이는 안으로 시들며 커갔을 것이다.

「학교라는 울타리는 나를 포용하는 대신 선생님의 일방적인 배려로 나를 또래 아이들로부터 떼어놓고 있었다. 선생님은 소외감과 외로움으로 조그마한 가슴이 얼마나 시리게 멍드는지 단 한 번이라도 헤아렸을까.」

대학생이 되어 호영이가 우리들에게 들려준 잠언 같은 말을 듣고 우리는 뒤통수가 벌게지도록 얼얼했다. 그리고 저마다 서둘러 면죄부를 사기에 바빴다. 졸업하기 전에 승부가 나리라고 예상했지만 기대가 반드시 실현되는 것은 아니었다. 고시에 합격한 몇몇에겐 졸업식이 폭죽을 터트려도 아쉬운 향연이었다. 그렇지 못한 이들에겐 집달리가 딱지를 붙여놓은 장롱처럼 어색하고 춥기만 한 법과대학 졸업식장, 우리 몇몇은 우정의 이름으로 꽃다발을 전했지만 호영이는 검은 가운의 자락이 민망하다는 표정을 지었다.

닭장 같은 봉천동 고시촌에 틀어박혀 있는 것을 수시로 끌어내어 술을 먹이고 미아리로, 천호동으로, 멋지게 시가를 물고 말을 탄 텍사스 건맨이 되는 행렬에 동승시키는 것이 면죄부를 사는 길이라고 믿었다. 오문영을 우리 삶에, 더 정확히 말하면 김호영의 의식 틈바구니에 억지로 밀어 넣은 것도 면죄부 구매행위와 무관하지 않다. 졸업한 지 8년차로 접어들도록 호영의 낙방 행진은 이어졌고 우리는 우리가 저지른 죄를 사함 받는 일에 골몰했다. 호영이가 사법시험에 합격하는 것은 약간의 시간차가 있을 뿐 지극한 당위라고 당당하게 간주했다. 그는 그의 의사와는 상관없이 우리 앞에 있는 김 판사였다. 우리는 오로지 대등하게, 눈높이로, 함께 마시고, 함께 싸는 것이 죄를 사함 받는 길이라고 확신했다. 오문영은 김 판사 앞에 놓인 소품이라고 여겼던 소홀함이 우리들의 오류였다.

학과의 학과장이란 게 대단한 벼슬은 아니지만 강사를 뽑는데 재량권이 있다. 강사 오문영을 슬며시 그린란드 근해의 얼음덩이처럼 경직된 김호영의 의식 틈바구에 밀어 넣은 것은 우리들의 소박한 호의였다. 그녀가 툰드라의 훈풍이 되었으면 하는 기대가 있었다. 그러나 소박한 호의가 면죄부는 될 수 없었다.

대수롭잖은 일에도 호들갑을 떨며 어쩔 줄 몰라 하는 오문영의 동작이 강한 인상과 함께 풋풋한 장점으로 여겨졌다. 연구실에 처음 들어왔을 때부터 그랬다. 그녀는 약속된 면담 시간보다 10분 늦게 나타났다. 노크를 하고 들어오는 그녀의 뒤로 복도 끝에서 불어오는 바람이 사납게 문을 밀어버렸다. 연구실의 출입문이 요동을 치듯 쾅당 소리를 내며 닫혔다. 인사할 겨를도 없이 순간적 소동을 수습하는 그녀의 얼굴이 온통 빨개졌다. 붉은색의 셀로판지로 감싼 듯 얼굴 전체가 빨개졌다.

「어머, 죄송해요. 죄송해요. 죄송합니다.」

컴퓨터 모니터에 얼굴을 들이밀고 있던 나도 얼핏 놀라긴 했지만 그건 흔히 있는 일이었다. 복도의 양끝에 있는 창문을 열어놓으면 복도는 기다란 연통처럼 통과하는 바람의 놀이가 유별났다. 덕분에 죄송하다는 소란이 번거로운 인사치레를 대신했다. 아울러 상당히 강한 인상으로 그녀를 기억하게 되었다. 흔히 오버액션이라고 하는 것이 있지. 필요 이상으로 지나친 동작, 그녀는 그것이 몸에 밴 듯 뇌성마비 장애인처럼 온몸을 부자연스럽게 떨곤 했다. 그러나 그러한 유난스러움을 호들갑이라고 판단하지 않았다. 매끄러운 처세를 익힐 겨를이 없었을 것이라고, 박사과정까지 숨 가쁘게 달려왔을 단조로운 삶의 표출일 것이라고, 번잡한 사회생활의 경험이 없는 순진한 시골 처녀의 처신과 크게 다르지 않다고 여겼다. 곁에서 기침만 크게 해도 금세 진열대의 토마토처럼 얼굴이 새빨개지는 모습이 아름다웠다. 그런 그녀와 김호영을 오버랩 시킨 것은 우리들 모두의 동의였다. 한 학기 시간 강사를 초빙하는데 거드름을 피울 이유가 없다. 공부깨나 했다는 여성에게서 풍기는 싸늘한 냉소와 깊이를 알 수 없는 교만의 냄새, 선택받은 것이 당연하다는 오만이 그녀에게서 풍기지 않았다. 그것이 참으로 신선했다. 감출 것 없는 나체를 보는 풋풋함이었다. 그 학기의 강의 평가가 천차만별로 나왔다는 것도 큰 문제로 삼고 싶지 않았다. 극단적인 평가와 숙덕거림이 분분했지만 크게 마음 쓰고 싶지 않았다. 수강생들 중 고루한 녀석들은 똥 싼 바지 입은 듯 떨떠름해 했지만 진보주의자연 하는, 공부와 놀이에 차별성을 두지 않는 녀석들은 그녀의 강의에 갈채를 보냈다. 나는 학과장의 권위를 시험하려는 듯 내리 2년간 그녀가 강의하도록 배려했다. 물론 그 사이 김호영의 출현이 무관치 않지만.

정돈된 질서와 피곤한 권위를 무시해버리는 그녀의 태도가 건강미로 비쳤다. 좌충우돌하며 너절하게 논리를 늘어놓는 방식에 대해서도 긍정적인 의미를 부여했다. 설익은 음식을 식탁에 내어놓는 그녀의 강의방식이 이른 새벽에 햇푸성귀를 잔뜩 싣고 나타난 야채장수 같아서 반갑기까지 했다. 시큰둥하게 불만을 흘리는 녀석들에게 획일화된 사고에 익숙한 탓이라고 나무랐다.

그러나 그것은 나 자신의 보상심리와 어설픈 실험에 불과했다는 후회는, 마중나온 이들마저 떠나가 버린 후 밤늦게 연착한 열차 같은 것이었다. 진정한 건강미와 정돈되지 않은 어수선함은 구별되어야할 것 같다. 솔직함도 마찬가지다. 마구 벗어버린다고 그것을 솔직함이라고 할 수 없겠지. 나체가 되는 것만큼

쉬운 일이 어디 있을까. 내 눈을 감아버리면 발가벗었든 연회복을 입었든 의미가 없다. 학생들에 대해서 스파링 파트너로 일관했던 그녀의 강의방식에 대해서는 할 말이 없다. 구구한 비난의 말을 늘어놓는다는 것은 나의 비겁함을 흔드는 깃발일 뿐이다.

오문영이 김호영의 비틀걸음에 보조기가 될 수 있을 것이라는 오판은, 우리가 함께 걸머져야할 빚이다. 그것도 영원히 상환될 수 없는 빚이다. 배려라는 이름으로, 우정이란 이름으로 저질러진 죄악이었다. 오문영의 단순성을 담백함으로 오해한, 번거로운 계산에 미숙한 처신이 무한한 잠재력을 지닌 건강함일 것이라는 서투른 합의를 일구었던 우리 모두의 착오였다.

허구적 구성과 고백을 뒤섞어 기술한 김호영의 비망록이 그것을 증명한다. 언제나 지나치게 앞선 배려, 그것이 나를 외롭게 한다고. 인간이 인간을 돕는다는 것은 원조가 아니라 자유의 보장이어야 할 것이라고.

그렇다면 비난의 화살은 우리들 몇몇에게 꽂힐 수밖에 없다. 요한, 네가 신봉해 마지않는 성자의 호통은 수정되어야 하지 않을까. 너희 중에 죄 없는 자가 이 여인에게 돌을 던지라는 말을. 오문영이 김호영 판사의 넉넉한 반려가 될 수 있을 것이라는 우리들의 배려와 그녀 자신의 시원시원한 반응과 우정의 이름으로 박수를 쳐댈 때 김호영의 뼈와 근육은 돌처럼 굳어있었다.

그러나 호영의 그러한 긴장은 우리들과 오문영이 만취 덕분에 함부로 내뱉은 호언장담 때문이었다. 그후 호영은 닭장 같은 고시촌의 풍경이 진저리쳐지는 시간에 오문영을 자주 찾았던 것 같다. 스토킹, 요즘 부쩍 회자되는 그런 것이었을까. 오문영이 받아들인 감정이. 촉망받는 청년 판사는커녕 여태 땀내 나는 법전과 지루한 싸움으로 지쳐가는 한 장애인의 빗나간 집념 정도로 받아들였을까. 그래서 그녀는 서둘러 전산과 최 교수에게 다가간 것일까. 가능성을 상실한 괴물체로부터 벗어나고자 한 단순한 도피인지 재력가 교수에게 의도적으로 접근한 것인지는 알 수 없다.

요한, 네가 엎드려 비는 당신의 저울만이 그 진상을 규명할 수 있을 것이다. 세상에는 아름다운 일도 더러 있을 것이라는 우리들의 방치, 우리들의 직무유기, 우리들의 배려는 어떤 수위를 유지했어야 하는 것일까. 어떤 벌칙을 감당해야 하는 것일까. 우리가 감당하지 못한 부분을 오문영에게 슬쩍 떠맡긴 것은 아니었을까. 아름다운 작품을 만드는 이의 고통은 외면하고 아름다움만을 바라보고자하는 치기와 억지가 개재되어 있었을 것이다.

결과는 참담한 실패였지만 만약 그 작품이 아름답게 완성되었다면 우리는 서로 자신의 공이 크다고 논공행상에 골몰했을 것이다. 고약한 변란의 수하들보다 더 치졸하게 공을 떠벌리고 다녔을 것이다. 아픈 노릇이다. 원조가 아닌 자유의 보장을 위해 우리가 한 일이란 아무것도 없다. 김호영이 고시에 합격하여 영광의 월계관을 쓰고 우리 앞에 실제 김 판사로 우뚝 섰다면 우리의 오만은 더욱 기고만장했을 것이다. 떨리는 일이다.

아무런 징표도 남기지 않았던 김호영의 묘비명을 나는 다시 쓴다. 그의 순애보가 철에 맞지 않는 의상이라고 비난할지라도 나는 또 다른 면죄부를 사고 싶은 심정이다. 그의 몰락을 바랐던 소년 시절의 편협한 열망, 그의 탁월함과 천재성을 시기한 못난 우리들을 어디론가 마구 끌고 다녔던 것은 아니었을까. '육신의 고단함과 정신의 외로움을 홀로 짐지며 살다 가노라. 우정은 애정보다 진한 것이니.' 이것 또한 간지러운 변명에 불과하다. 그는 결코 동물원 우리 속의 생물이 아니었다. 관찰과 보호가 전부인 양 바라보아야 할 대상이 아니었다. 그의 아픔과 절망에 우리가 진정으로 우리의 맨살을 부빈 적이 있는가. 발돋음질하는 힘이 약해서, 빛을 넉넉하게 쬐지 못해 바위 밑에서 샛노랗게 시들어간 초롱꽃은 아닐 것이다.

김호영의 비망록에는 마른 억새 이파리들이 서로를 칼질하며 부비는 것처럼 서걱거리는 소리가 난다. 미완의 비망록이지만 피로 쓴 유서 같다. 매끄러운 분칠을 거부한 맨살의 부르짖음이 보인다. 오문영의 거칠은 동작이 그랬던 것처럼. 무한 인내와 정숙을 강요하는 세상의 잣대와 신의 저울은 다르지 않겠는가. 욕망과 분노를 승화시키라는 요구는 책상머리에서나 할 수 있는 말이다. 미움과 증오를 자기식대로 행동화했던 이들에게도 바쳐져야할 헌사가 있다. 그 방식이 비록 어눌하고 비틀려졌다해도 무가치하다고 할 수 없다. 그런 면에서 둘은 무척 닮았구나. 맨발로 춤을 추는 무희처럼. 우리가 맺은 인연이 호영에게 기울어져 있고 그는 이름 없이 소멸했기에 나는 그와 같은 분량으로 오문영을 저주하고 싶다. 그것이 나 자신에게 정직한 것이고 호영에 대한 마지막 예우일 것이다. 세상에는 어찌 잘된 선택, 잘된 결과만 있겠는가. 그 반대의 상황들이 훨씬 더 즐비하다. 그들의 아픔 중 일부를 김호영이 지고 갔노라고 말해주는 것이 남은 우리들의 역할이다.

오늘도 파충류를 보았다. 무서운 일이다. 20세기의 말에 나타난 중생대의 파충류. 공룡이 왜 소멸했는가. 거대한 몸집과 스스로 감당치 못한 엄청난 식욕 때문이라는 보고는 오류다. 그것들의 파멸은 부끄러움에 있다. 부끄러움을 모르는 희멀건 몸놀림 때문이다. 부끄러움을 모르고 턱없이 숭숭 커져버린 몸뚱이. 껍질 불리기에 경황이 없어 의식이 들어설 자리가 없었다. 목을 휘감으며 벌이는 정사마저 의미를 상실한 몰지각의 몸뚱이. 악어다. 거대한 아가리 벌려 삼켜서 우물우물 분쇄해버리는 악어 대가리다. 이마만 살포시 내어놓고 있다가 갑자기 흉측한 꼬리로 마구 패대기치는 횡포. 하얗게 포장된 분가루 속에 숨겨진 눈깔 번득이는 악어 대가리. 다가가 잘리는 것보다 바라보는 것이 더 무섭다. 뻣뻣한 목살은 부끄러움이 침투하기에는 너무 튼튼하다. 빨간 물감으로 덧칠한 몸뚱이 속에 감춰진 숭숭 솟은 가시를 보며 나는 습기가 말라간다. 인간에게 주어진 유일한 축복이 부끄러움이다. 얼굴을 붉힐 줄 아는 특권은 얼마나 가슴 설레는 아름다움인가. 파충류는 그것을 모른다. 숨 막힌다. 벌건 사타구니를 드러내고도 낄낄거리며 질러대는 웃음소리가 창끝되어 가슴을 찌른다. 회칠한 무덤 같은 파충류를 바라보는 것은, 괴기스런 웃음소리를 듣는 것은, 숨이 막힌다.

부끄러움을 안다는 것밖에 인간이 내세울 수 있는 게 또 무엇이 있을까. 그것을 벗어 던진 만행을 바라보아야 하는 나는 무슨 색깔의 비명을 질러야하나. 몸서리쳐지는 일이다. 희멀건 다리통 흔들며 중생대의 웃음소리 낄낄거리며 활개치는 파충류가 너무 무섭다. 이해할 수 있는 것과 용서할 수 있는 것은 다르다.

무심코 던진 돌에 맞아죽은 개구리가 불쌍하지만 무심코 돌을 던진 자는 용서될 수 있다. 과실에 대해서는 서슬 퍼런 법률도 여백을 남겨두고 있다. 그러나 이해될 수도 용서될 수도 없는 게 있다면 바로 부끄러움을 팽개친 뻔뻔함이다. 파충류의 희멀건 몸놀림을 보며 내 피는 점점 습기를 잃어간다. 같은 족류의 껍질을 쓰고 귀를 찢는 요상한 웃음소리를 들어야 하는 지금은 무서운 시간이다. 비수를 쳐들고 파충류를 향해 내리꽂을 엄두조차 내질 못한다.

호영의 일기는 여기서 멈췄다. (*)

단편

아름다운 난동

아름다운 난동

그녀는 죽었다. 그녀를 죽였다. 단물 빠진 껌을 씹는 것처럼 부질없이 그 말을 반복했다. 밍밍한 고무질을 씹어대니 입안이 얼얼했다. 나는 사명감처럼 그 말을 반복하며 빗속을 걸었다. 주어와 조사를 도마에 올려놓고 분철식으로, 연철식으로 발음을 번갈아 바꾸며가며. 그년은, 그녀는.

─미안하다는 말이 얼마나 짜증나게 하는 것인지 알아?

─우린 어울리지 않아.

─난, 편하게 살고 싶어. 너에겐 사람을 피곤하게 하는 냄새가 끊임없이 풍겨!

─괴롭히는 것이 사랑인 줄 알아?

그녀가 남긴 어록의 자투리를 질경질경 씹으며 여러 날 계속되는 장마 속을 걸었다. 그래서 고안해낸 것이 그녀를 죽이는 것이었다. '그녀는, 그녀를'이란 단어를 곱씹을 때는 이빨에 힘을 잔뜩 실어 분철식으로 발음했다.

그녀에게 다가가는 나의 방식은 서툴고 어눌했지만 정직했다. 세련되지 못함이 죄악은 아니다. 유창하지 못함 역시 비난거리가 아니다. 죄악 아님과 유창하지 못함이 그녀를 떠나게 했다. 설명해야 하는 관계라면 이미 끝난 거다. 그녀는 떠났고 나는 그녀를 죽였다.

─더 이상 괴롭히지 마. 난 편한 것을 원해. 편하게, 넉넉하게 살고 싶어.

그녀의 말 자투리를 처단하는데 땀깨나 흘렸다. 땀이 홍건해질 무렵 나는 그녀를 죽일 수 있었다.

그녀는, 40대 사업가 사내의 재취자리에 앉게 되었다는 원치 않은 정보가 전해졌고 오늘이 바로 결혼식이라는 역겨운 소식이 무작위로 뿌려지는 공중파처럼 들려왔다. 그녀를 죽일 당위성과 D데이로 설정하기에 좋은 날이다.

각오했지만 장마는 괴롭다. 나흘 째 계속되는 비 때문에 배낭을 싸는데 주저됐지만 머뭇거릴 수 없는 절박함이 더 컸다. 그래서 빗속을 뚫고 무작정 길을 나섰다. 이 도시의 하늘 아래 그녀와 함께 있다는 것은 치욕이다. 낯선 사내와 첫밤을 보낼 그녀의 젖무덤을 생각하면 치가 떨린다. 그들의 황금 침대에는 편하고 넉넉한 것이 눈더미만큼 풍성할 것이다. 작고 섬세한 것은 뒤엉킨 그들의 몸뚱이에 깔려 한없이 초라할 것이고.

　길 없는 길, 길이 있으면 갈 수 있다. 망월암望越庵 뜨락에 발을 들여놓게 된 것은 그 때문이다. 무작정 차를 탔고 또 그렇게 내렸다. 어디론가 꼭꼭 숨고 싶다는 생각으로 어스름이 깔리는 산길로 들어섰다. 조악한 비닐 우의 속으로 빗물이 축축하게 스며들었지만 개의치 않았다. 시외버스를 네 시간 타고 해미읍 버스터미널에서 내렸다. 터미널에서 행선지도 보지 않고 군내 버스를 탔다. 그리고는 물안개가 더운 김처럼 자욱하게 퍼지는 광경을 보고 울컥해서 버스에서 내렸다.

　문 없는 문, 뜻이 있으면 인연도 있을 것이다. 망월암 툇마루에 걸터앉게 된 것은 그런 믿음 때문이다. 빠른 걸음으로 어둠이 성큼성큼 밀려왔다. 산길 어귀에 서 있는 빛바랜 판자에 새겨진 이름표만큼이나 암자는 작고 초라했다. 그러나 입구에 들어서는 순간 암자의 정경을 입력할 형편이 못됐다. 법당 오른편에 있는 요사채에서 찐득한 여인의 흐느낌이 암자를 적시고 있었다.

　방문 앞에는 하얀 고무신 한 켤레와 뒤축이 뭉개진 여자 구두 한 짝이 허술하게 놓여있다.
　"이 년! 그래도 내 말을 못 알아듣겠느냐?"

을씨년스러운 어둠과 여인의 흐느낌, 빗줄기를 부수는 고함이 방안에서 들려왔다. 나는 인기척을 내려다 몸을 숨기려는 동작을 취했다. 아차, 잘못 왔구나. 순간적으로 열패감의 낭떠러지로 내동댕이쳐졌다.

"이 년! 뭘 할 짓이 없어 산중을 지옥으로 만들려고 지랄이냐! 내가 너한테 무슨 몹쓸 짓을 했다고."

무작정 나섰던 발길이 갑자기 무참해졌다. 개 피하려다 뱀 만났구나. 참담함에 가슴이 먹먹했다. 뾰족한 못을 밟은 것처럼 허리가 휘청거렸다. 가늘어졌던 빗줄기가 다시 세졌다. 무성한 수풀에 떨어지는 빗줄기가 짐승의 포효처럼 거친 소리를 냈다. 조명 한가운데 던져진 서툰 배우처럼 나는 불안정한 자세였다.

"에이, 나쁜 년! 당장 따라 나오너라. 어서!"

발로 걷어챘는지 돌쩌귀가 떨어져 나갈 듯이 화들짝 방문이 열렸다. 팔을 걷어 부친 험상궂은 스님이 가쁜 숨을 몰아쉬며 급한 동작으로 고무신을 신는다. 나는 마당 귀퉁이로 급히 피했다.

"이 년! 냉큼 나와!"

스님의 노기는 사그라질 기미를 보이지 않는다. 나는 마당에 서 있는 석등처럼 폭우를 덮어쓰며 굳어버렸다. 머릿속을 어지럽히던 짧은 상상력마저 폭우와 포효에 나가떨어졌다. 방문이

왈칵 열렸다. 스님과 여인은 정갈치 못한 관계일 것이라는 순간
적인 유추는 급하게 발밑으로 숨는다.

"머리채 끌어내기 전에 어서 나와!"

정말로 머리채를 잡고 내동댕이칠 기세다.

"처사도 따라 오시오!"

석등 뒤에 몸을 숨기고 있었는데 이미 나의 존재를 알고 있
었다는 말투다.

"배낭 내려놓고 비옷 벗고 법당으로 들어오시오!"

맨머리 위로 줄줄 흘러내리는 빗물을 손으로 거칠게 쓸어 뿌
리며 스님은 앞장서서 법당으로 들어간다. 나는 거역할 수 없
는 힘에 끌려 배낭을 벗었다. 무거운 것을 여태 매고 있었다. 어
깨죽지를 두어 번 흔들었다. 소주 세 병, 길을 나설 때면 읽지도
않으면서 습관처럼 챙겨 넣는 책 몇 권, 그리고 적당한 곳을 물
색해서 화형에 처하기로 작정한 그녀의 흔적 뭉치, 그것들이 어
깨죽지를 뻐근하게 한 원흉들이다. 허물을 벗겨내듯이 젖은 비
옷을 벗어 배낭 위에 던졌다.

"뭘 하느냐? 빨리 오지 않고."

방문 앞에는 그녀가 신을 마땅한 신발이 없다. 구겨진 구두
한 짝을 보며 꾸물거리는 여인을 향한 스님의 포효가 나의 등짝
까지 후려쳤다. 나는 중죄 지은 죄수처럼 스님의 고함소리에 끌

려가는 처지가 되었다. 손수건을 꺼내 목덜미와 발목에 흘러내리는 물줄기만 대충 훔치고 법당 안으로 들어갔다. 여인은 맨발로 걸어 들어왔다.

"니가 인간이냐? 귀신이냐? 짐승이냐?"
구석에 쭈그려 있는 여인을 향해 스님은 삿대질을 하며 소리쳤다. 여인은 대꾸가 없다. 중죄인을 다스리는 중세의 관리처럼 스님의 자세는 위압적이다. 내 존재는 안중에도 없는 듯 여인을 향해 창처럼 팔을 들어 고함을 질러댄다.
"니가 인간임이 분명한데 어찌 쥐새끼가 될 생각을 했단 말이냐!"
가닥이 잡히지 않는 사태 속에서 나는 버려진 쓰레기 덩어리에 불과했다. 바깥에선 어둠을 후벼 파듯이 빗줄기가 사정없이 내리꽂히고 있다. 등짝이 축축하다는 것을 느낄 때쯤 발밑에 깔려있던 상상력이 스멀스멀 기어 나왔다.
여인과 스님은 어떤 관계일까? 꺼림칙한 냄새를 맡으려 사냥개처럼 킁킁거렸다. 그리고 그 냄새에는 악취가 풍겨야 한다는 기대감이 얹혔다. 상큼하지 못한 관계에서 빚어진 난처한 상황일 것이라고 단정했다. 매끄러운 관계가 어긋나면서 벌어진 난동이라고 시나리오의 가닥을 잡아갔다. 그들을 바라보는 나의 눈빛이 조금씩 흐려졌다. 적막한 암자도 먼지의 세상이긴 마찬

가지구나.

　"니 꼴을 보니 쥐새끼 되겠다는 생각이 아직 남았구나!"
　엎어져 흐느끼고 있는 여인을 향한 스님의 분노는 사그라질 기세가 아니다. 젖은 빨래 무더기처럼 여인은 엎드려 있다. 법당 가운데 모셔놓은 부처님은 잡스런 세상사를 무심한 표정으로 내려 보고 있다.
　"똑바로 앉아! 여기가 어딘 줄 알고!"
　억지로 옮겨다 놓은 이삿짐처럼 여인의 자세는 불안하고 처연하다. 나 역시 불청객이라 처신이 괴롭다. 캄캄한 빗속을 탄환처럼 뚫고 암자 밖으로 튕겨져 버리고 싶은 마음이 굴뚝같다. 내 한 몸 가누기 어려운 상태에서 여기서 역할이 있을 것 같지 않다. 난처한 남의 사생활에 끼어들고 싶지 않다. 섣불리 중재에 나섰다가는 스님의 날선 창끝이 나에게 겨누어질지도 모른다.
　"넌 뭐야? 썩 꺼져!"
　이런 고함이 들려올 것 같다. 꼼짝달싹 않고 얌전한 관객이 되는 것이 도리라고 판단했다. 비옷을 벗고 따라 들어오라는 지시가 약간 위안이 되었다. 이 밤중에, 도무지 멎을 것 같지 않은 폭우 속을, 내려갈 엄두를 행동으로 옮기는 것은 쉽지 않다. 뒤틀린 심사를 다스리는 것 또한 쉽지 않다. 잘못 왔구나. 추잡한 불상사는 산중에도 예외는 아니구나. 입안에 쓴물이 고였다.

"처사도 이리 당겨 앉으시오! 무어 그리 생각이 많소. 처사도 산중을 지옥으로 만들어야 속이 시원하겠소?"

스님이 포효에 머뭇거리던 나의 자세가 순식간에 정렬되었다.

"그래, 이 년아. 인간으로 태어나서 기어코 쥐새끼가 되겠느냐?"

여인은 엎드린 자세를 고치지 않았다.

"그러면 좋다. 내가 수행 따윌 해서 뭘 하겠느냐. 모두 박살 내버리겠다."

말이 떨어지기 무섭게 스님은 주변의 집기들을 부수기 시작했다.

"이걸 수행이라고 삼십 년을 바쳤단 말이냐. 에이! 무상한 것들! 모두 사라져라."

법당 안이 아수라장으로 변했다. 불상 앞에 차려진 꽃바구니가 나뒹굴어지고 구석에 쌓아놓은 방석들이 비행접시처럼 날았다. 불전함을 발로 걷어차니 쿵 소리를 내며 넘어졌다.

"어떻게 만들어진 것이 인간인데, 이 년아 그래, 쥐새끼가 될 궁리를 해!"

내가 할 수 있는 역할은 없었다. 간신히 숨만 몰아쉬었다. 간간이 엮어보았던 상상도 박살난 꽃병이 되었다. 이 자리를 벗어나야 한다는 생각이 간절했지만 엉덩이는 법당 마루에 접착되어 있었다. 빗소리는 늙은 짐승의 울음처럼 난폭해졌다. 스님의 폭동은 빗줄기처럼 멈출 기세가 아니다. 이 상황을 깨뜨릴 열쇠는 아무래도 젖은 걸레처럼 너부러져 있는 여인에게 있을 것 같다.

"니가 쥐새끼 되길 포기하지 않는다면 오늘 끝장을 내겠다. 이까짓 도량, 모두 불 질러 버리마. 살아있는 인간이 쥐새끼 되어 죽겠다는데 염불이 무슨 소용이 있으며 수행은 무슨 썩어 자빠진 수행이냐!"

스님은 정말 불을 질러버릴 기세다. 바싹 여위고 해쓱한 낯빛의 스님에게서 연상되지 않는 난폭함이 낭자하게 펼쳐진다. 좁은 법당 안은 폭도들이 휩쓸고 간 것처럼 난장판이 되었다. 무엇이든지 여인의 역할이 있어야겠다는 생각이 들었다. 아무도 움직이지 않는다면 법당 안에서 함께 폭사할 것 같다. 무심코 던져진 난장판에서 몸 둘 바가 없어 황망했다.

이것이 이승의 풍경이라면 참으로 가혹하다. 한편으로, 도대체 무슨 연유인가를 알고 싶은 오기가 빗줄기 속에서 고개를 쳐드는 풀잎처럼 가슴 바닥에서 울컥거린다.

"정말 일어나지 않을 테냐? 그렇게 백 년을 엎드려 있어도 성불하지 못한다. 이 년아!"

스님이 휘두르는 노기는 마른 벌판의 들불처럼 걷잡을 수 없었다. 내 배낭 속에 들어있는 증오의 덩어리들이 조금씩 남루해지기 시작했다. 그것들은 주섬주섬 꺼내어 자랑처럼 펼쳐 놓을 전시물이 아니었다.

젖은 짚단처럼 너부러져 있는 여인에게 다가갔다. 찢어진 블라우스 사이로 하얀 어깻죽지 살이 보인다.

"저기요, 이봐요. 일어나세요."

내 목소리가 너무 작았던지 들은 기색이 없다. 등짝을 가볍게 치며 다시 말했다.

"이봐요. 빨리 일어나지 않으면 우리 모두 불타버릴지도 몰라요. 스님은 지금 제정신이 아닌 것 같아요. 빨리 일어나세요."

"그 년, 그냥 두소. 인간이기 싫은 년, 불타버린들 억울할 거 없소."

무예를 수련하는 것처럼, 법당 문짝을 후려치는 비바람과 겨루기 하는 듯 스님의 난폭한 파괴 작업은 계속됐다.

"빨리 일어나요! 이러다간 법당 다 부서져요."

나는 짜증 섞인 목소리를 냈다. 여인이 미세하게 움직였다. 혼수상태에서 깨어나는 환자처럼 사지의 끝을 바들바들 떨더니 조금씩 허리를 세우고 얼굴을 든다. 긴 머리칼이 얼굴을 반쯤 가렸다. 섬뜩하다. 가려진 머리칼 틈새로 퉁퉁 부운 눈과 할퀸 자국이 보인다. 그러나 목덜미는 흰 블라우스보다 더 하얗고 육감적이다. 가까이서 본 그녀는 여인이라고 부르기에 민망하다. 소녀티를 갓 벗은 여자다. 화장기 없이 부운 얼굴에 어둠의 자락이 서려 있다. 그녀는 느린 동작으로 자세를 고치고 어지러운 법당 가운데로 자리를 옮겼다.

"스님… 잘못… 했어요…"

"스님, 잘못… 했어요…"

가늘고 작은 소리가 그녀에게서 들린다.

"제가… 저는… 어쩔… 수… 없었…어요…"

"저는… 어떡하면… 됩니까…"

"저는, 저는, 어쩌면, 좋아요."

조금씩 목소리에 힘이 실리기 시작한다. 그녀로부터 들려오는 미세한 신호에 미친 춤을 추는 것 같던 스님의 난동이 멈췄다. 거친 숨소리를 내며 땀이 흥건해진 이마를 손바닥으로 닦는다.

"그래, 쥐새끼 되는 것을 포기하겠느냐?"

그녀를 내려다보는 스님의 눈빛이 뜨겁게 활활 타오르는 것 같다. 바로 쳐다볼 수 없는 불꽃이다.

"그래, 인간으로 살아보겠다는 것이냐? 결심이 섰느냐? 결심이 섰으면 나를 똑바로 쳐다봐라!"

그녀는 대답 대신 얼굴을 들었다. 오른손을 들어 앞으로 늘어진 머리칼을 구분 동작으로 뒤로 쓸어 넘긴다.

"휴-! 휴-! 부처님 앞에서 무례가 막심하구나."

낭자한 적군의 시체처럼 어지러운 주변을 둘러보며 스님은 한숨을 쉰다.

"스님… 죄송… 해요…"

"바로 앉아라. 처사도 이리 당겨 앉고."

난감한 구경꾼이었던 나는 화들짝 놀란 듯이 다가갔다.

"에이, 오십 평생에 이런 난리치긴 처음이다. 에이, 징한 인연들! 무어 할 짓이 없어 산중에 사는 중놈에게 이런 짐을 지우는지."

포성이 멎은 전장의 포연처럼 한숨이 법당 안에 그득하다. 비바람은 아직 그 기세를 꺾지 않고 콩 볶는 소리를 내며 문짝을 후려치고 있다.

"비가 오고 있지?"

"예."

"처사도 대답해봐."

"예, 비가 오고 있습니다."

"언제까지 비가 올까?"

"잘… 몰라… 요."

"처사 생각은?"

"저도 잘 모르겠습니다."

"백 년, 천 년 동안 비가 오겠구먼."

거친 숨이 잦아지자 스님은 짐짓 딴전을 피운다.

"그럴 리야 있겠습니까. 장마철이지만 내일이나 모레쯤은 해가 나겠지요."

"처녀 생각은?"

"…"

"그것도 대답하지 못하는 걸 보니 아직 인간 될 자격이 없구나. 어디 보자. 더 때려 부술 것이 없나?"

스님은 다시 표정이 굳어지며 주변을 휘 둘러본다.

"아니예요. 스님! 며칠 있으면 멎겠지요."

그녀가 화급하게 대답한다.

"알기는 아는구먼. 평생 흐릴 수도 없고 맨날 맑은 날만 계속되라는 법도 없지. 지나간 바람은 이미 지나간 것이야. 아무리 거기에 매달려 봐도 꼬랑지조차 잡을 수 없어. 어때 처자야, 이제 바로 앉아 있을 수 있겠어?"

"예."

"그럼 됐구먼. 이제 건너가세. 어지러운 난장판은 부처님께서 말끔히 치워 주실 게야."

"청소를 해야…"

"아따! 그 처사, 걱정을 달고 다니네. 부처님께서 말끔히 소재해 주신다니까."

거역할 수 없어 어지러운 법당 안의 풍경이 뒤돌아 보였지만 스님의 발치를 따라 요사채로 건너갔다. 여자는 부축이 필요한 걸음걸이였지만 스님은 못 본 체 뒷짐을 지고 앞서 걷는다. 덥석 다가가 그녀를 부축할만한 넉살과 여유가 내겐 없었다. 맨발로 빗속을 비틀거리며 걷는 그녀의 모습이 민망했다. 나는 빗줄기 하나라도 더 피하려 손으로 머리를 가리고 발걸음을 재촉했다.

"에이, 무섭게 쏟아지는구먼. 벌써 사흘쨌가 나흘쨌가."

처마 밑에 들어서며 스님은 캄캄한 하늘을 바라보며 혼잣말을 내뱉는다.

"들어오시오. 지붕이란 게 이렇게 고마운 존재구먼."

스님은 먼저 방에 들어가서 수건을 하나씩 우리에게 건네주었다. 나는 젖은 팔목을 닦고 그녀는 목덜미를 닦는다.

"깨끗이 닦고 안으로 들어오소. 따뜻한 차를 대접하리다."

젖은 다리와 발까지 닦느라 그녀는 한참 후에 방에 들어왔다. 흘러내리는 빗물만 겨우 닦은 상태라 젖은 모습들은 여전하다. 풀죽은 두 마리 짐승처럼 스님 앞에 앉은 꼴들이 가관이었다. 낯선 여자와 함께 피고석에 선 것처럼 자리가 불편하다.

"묘한 인연들이구먼. 처사는 몇 살인고?"

시선을 바닥으로 내린 채 찻물을 끓이며 스님이 물었다.

"스물일곱입니다."

"군대는 갔다 왔고?"

"예."

"처녀는?"

"스물 세 살이에요."

"좋은 나이들이구먼. 좋은 것을 좋게 쓸 줄 모르니 탈이지."

찻물이 데워졌는지 봉지를 부스럭거리며 차를 덜어 넣는다.

"자네 같은 위인들에게 주기에는 아까운데, 우전雨前이야. 몇 잔 마시면 속이 데워지고 편해질 거야. 여린 속잎이 이런 그윽한 맛을 내는데, 껍데기 성성한 그대들에게선 썩은 냄새가 나네."

스님이 따라주는 노리끼리한 차를 조금씩 입에 댔다. 진하면서도 그윽한 맛이 입안에 화하게 풍긴다.

"스님, 여쭤봐도 되겠습니까?"

"왜 난리법석을 쳤느냐고 물으려고?"

"예."

나는 머쓱한 표정으로 뒷머리를 긁었다.

"자네 머릿속에 이미 그림을 그려놓고 있을 텐데 왜 물어?"

"잘못 그린 것 같습니다."

"어떻게 그렸길래?"

"…"

대답을 못하고 곁에 앉은 여자의 표정을 슬쩍 훔쳐보았다. 따뜻한 차 때문인지 여자의 얼굴에 약간 온기가 돈다. 빗소리는 여전히 산을 집어삼킬 듯이 포효 중이다.

"출가한 지 삼십 년 되네만 딱 두 번 놀랐네. 겁이 있다는 것은 아직 수행이 형편없다는 것이지. 젊은 시절, 큰스님 모시고 살 때였지. 나무를 하러 산에 갔다가 목을 매단 여자의 시체를 보았지. 죽은 지 얼마나 지났는지 상당히 상한 채 걸려 있더군. 지게까지 벗어 내던지고 도망쳤지. 그때는 철이 없어서 그랬다 손 치더라도 오늘은 내가 생각해도 한심하고 부끄럽네. 처자의 인기척을 듣고 바깥을 보는 순간 사람으로 보이지 않더군."

"쥐새끼, 쥐새끼 하던 말씀이?"

"그건 나중 얘기고. 비를 흠뻑 맞고 머리카락은 늘어뜨리고, 옷은 찢어지고 한 쪽은 맨발이고, 영락없이 귀신이지. 어둑어둑해지는 시각에 외딴 암자에 그런 위인이 찾아올 리 만무하지. 어둠을 갑옷처럼 걸치고 나를 잡으러 들이닥친 저승사자 같드면."

"그것 때문에 난리를 치신 것은 아닌 것 같은데요?"

"그게 그거지. 나 자신에 대한 미움을 다스리는 방편이었으니까.”

“스님, 차 한 잔 더 주세요.”

말이 없던 여자가 대화에 끼어드려는 듯 빈 찻잔을 스님 앞에 내민다.

“어이쿠! 찻잔 채우는 것을 깜빡했네. 많이들 마셔. 가슴이 풀리고 손발도 녹을 거야.”

“스님, 죄송해요. 그냥 무작정 도망오느라 이런 꼴로.”

“알고 있어. 참 징한 것이 사람이지. 생사가 오락가락하는 인간을 겁탈하려는 짐승만도 못한 것이 있으니, 쯧쯧쯧!”

여자는 스님이 따라놓은 찻잔을 공손하게 자기 앞으로 끌어당긴다. 손이 떨리지 않는 것을 보니 조금 안정을 찾은 듯하다.

“무슨 말씀이신지?”

“참! 입에 담기도 힘드네 그려.”

“제가 말씀 드릴게요.”

갑자기 힘이 실린 말투가 그녀로부터 튀어 나왔다.

“그래에? 설명해보게. 아까는 나도 어지러운 상태에서 들은 사태라.”

“저어… 사실은… 오늘, 저어…”

“더듬거릴 거 없어. 더듬는다고 말에 뜸이 드는 것은 아니야.”

“예. 말씀드릴게요. 저 사실은 오늘 저, 죽어 버리려고 했어

138

요. 그래서 준비한 것이 저것이고요."

그녀는 탁자 위에 놓인 하얀 약봉지를 가리켰다. 반쯤 젖은 쭈글쭈글한 덩어리였다.

"이것이 쥐약이야. 쥐새끼를 죽이는 것이 쥐약이지, 사람 먹으라는 것이 쥐약이야? 에이, 못난 처자야."

스님은 그것을 좀 더 멀리 밀쳐버렸다.

"저걸 사들고 무작정 차를 탔고 버스에서 내려 산길을 걸었어요."

나는 갑자기 낯선 사막에서 동족을 만난 것처럼 유대감과 호기심이 발동했다. 어디서 출발했습니까, 어느 버스를 탔지요, 어떤 색깔의 버스였습니까, 그리고 어디에서 내렸지요. 연거푸 쏘아댈 화살이 잔뜩 준비된 것처럼 할 말이 많았다. 그것을 꾹꾹 참으며 그녀의 입을 바라보며 다음 말을 기다렸다. 모든 여정이 나와 일치할 것이라는 지레짐작을 그녀 앞에 펼쳐 놓고 싶었다.

"빗속을 마구 걸었어요. 점점 어두워지더군요. 반듯이 눕기에 좋은 자리를 찾기엔 비가 너무 쏟아지고 어둑어둑해지는 주변이 원망스럽더군요. 무서웠어요. 죽음보다 더 두려운 것이 어둠과 외로움인가 봐요. 산길 양쪽에 늘어선 나무들이 머리채를 늘어뜨린 괴물 같았어요. 주머니 속에 든 약봉지를 만지작거리는 손이 떨렸어요. 그 때 산길 아래쪽에서 환한 불빛이 나를 찾는 탐조등처럼 굽이굽이 산길을 비추며 올라오는 거예요. 반가웠다는 것이 그때 솔직한 심정이었어요.

　트럭이었어요. 나는 발걸음을 멈추고 조바심으로 버스를 기다리는 승객처럼 불빛을 향해 손을 반쯤 들었던 것 같아요. 이곳을 벗어나야겠다는 생각, 그 불빛은 또 다른 외계로 나를 실어줄 것이라고 순간적으로 판단했던 것 같아요. 태워주더군요. 그러나… 그러나…"

　그녀는 말을 잇지 못하고 낮은 소리로 훌쩍거렸다.

　"어허! 또 청승을 떨려고! 늙은 중이 또 난리를 쳐야하겠느냐? 맺힌 응어리를 풀어주는 것은 청승이 아니야. 후련하게 털어 버려라."

　스님이 소리를 버럭 질렀다.

　"죄송해요. 트럭이 굽은 산길을 따라 십여 분 가더니, 길가에 차를 세우더니… 아무 말도 없이 차를 세우더니… 술 냄새 풍기는 그 사내를 나는 필사적으로 밀쳤어요. 옷이 찢어지고… 여기저기 마구 부딪쳤어요. 전등인지 뭔지 손에 집히는 것으로 나는 사내의 머리를 힘껏 치고는… 차문을 열고 산길을 마구 달려 이 암자의 불빛을 본 것이에요."

　"인기척이 나서 방문을 열어보니 영락없이 귀신 몰골이드먼. 그놈도 참 징한 놈이지. 폭우가 쏟아지는 산길에 누가 또 있다고 사람을 그렇게 대하노. 사람 귀한 줄 모르는 게 병 중에 큰

병이야."

"스님을 보는 순간 약을 입안에 털어 넣으려고 했어요. 증인이 되어 줄 수 있을 것 같았어요."

"우째 지 생각만 하누. 늙은 중이 새파란 처녀의 시체 치우는 일을 하라고?"

"어쩌면 제 나름의 쇼였던 것 같아요."

"흠−, 알기는 아누면. 쇼에는 쇼로 대해야지."

"그런데, 무슨 연유로 죽을 생각을 했나요?"

그녀의 말문이 열린 것 같아 슬며시 내가 끼어들었다. 그것이 그녀가 털어 버려야 할 응어리의 핵심일 거라는 생각이 들었기 때문이다. 핵심을 희석시키는 작업을 도와준다는 야릇한 의무감과 호기심이 섞인 질문이었다. 그 물음에 대해서 그녀는 한 박자 정도 사이를 두더니 대답이 튀어 나왔다.

"좋아하던 오빠가 있었어요. 그런데 가버렸어요. 저를 버린 거예요."

"요새는 오빠하고 연애하는가보지."

스님의 심드렁한 말투가 끼어들었다.

"애인 사이에 오빠라고 불러요."

스님의 심드렁함을 달래려 사족을 붙였다.

"왜 가버렸나요?"

"제가 싫어진 거겠지요."

"왜 싫어졌나요?"

나는 심문을 하듯 하나하나 말꼬리를 물었다.

"현실감이 없다데요. 그건 핑계고 그냥 싫어진 거겠지요."

"그렇다고 죽을 궁리를 해! 그것도 쥐새끼나 먹는 약을 먹고. 인간이!"

"제 자신을 다스리는 능력이 부족한 때문이에요."

"아가씨를 천연기념물로 보존해야겠군. 그깐 실연했다고 죽겠다고 설치는 위인이 요즘도 있다니."

애매한 말투로 스님이 빈정댔다.

"아름답지 않습니까? 이런 순애보가 요즘 세상에도 존재한다는 것이."

"처사의 눈빛도 이제 조금 맑아졌네 그려. 처음 들어설 땐 악취가 눈에서 번들거리더니. 가만히 앉아 있어도 눈빛은 흐려지는 법인데 무어 그리 미워하고 할퀼 것이 많은지."

나는 음식 훔쳐 먹다가 들킨 것처럼 움찔했다.

"빗줄기가 가늘어졌네. 보게, 흐리고 맑은 것은 오고 가는 것이야. 낼 아침이면 햇살을 볼 수 있을 게야. 그만 잠이나 자세. 처사는 나와 함께 자고 아가씨는 옆방으로 건너가서 자."

"스님, 죄송하지만 저도 벽에 기댄 채 여기 있게 해주세요. 무서워서요."

"할 수 없지. 함께 밤을 새우는 수밖에."

정신보다 육체의 지배력이 강한가보다. 날이 훤해질 때까지 나는 늦잠을 잤다. 방문을 열자 눈이 부셨다. 오랜만에 햇살이 파란 나뭇잎 위에 반들거렸다. 멀리 보이는 숲은 눈을 뿌린 듯 희뿌옇다. 스님은 새 옷을 갈아입고 마당에 쌓인 젖은 나뭇잎을 쓸고 있다.

"안녕히 주무셨습니까?"

"이제 일어나셨구먼. 처자는 갔네."

"예에?"

"밤을 꼬박 새웠는지 붐해지자 부스럭거리더니 법당 청소를 하더군. 같이 청소를 했어."

"그랬군요. 큰길에 나가면 여섯 시 반에 첫 차가 있다고 했더니 가겠다고 하더군. 나는 고무신 한 켤레와 막 입는 셔츠 하나를 잃었어. 처자가 달라고 해서."

"괜찮을까요?"

"뭐가?"

"불안해 보여서."

"또 못난 음모를 꾸미면 한 번 더 난동 부리지 뭐."

"에이, 스님도. 어디로 갔는지도 모르는데."

"언젠가는 연락한다고 했어. 잘 될 거야. 아수라장이 되도록 부처님이 참고 견디셨는데 무슨 걱정을 해. 처사는 어쩔 것인고? 머물러도 좋고, 가도 좋고."

"스님과 함께 며칠 지내고도 싶고, 떠나고도 싶고."

"그렇겠지. 지고 온 보따리가 문제지, 오고가는 것이야 별 것 아니지. 다시 지고 갈 거야? 버리고 갈 거야?"

"가지고 가겠습니다."

"어이구! 밤새 부쩍 크셨네 그려. 늙은 중이 청소부도 아닌데 짐짝만 떠맡기고 가버리면 도리가 아니지. 똥이든 된장이든 제 몫은 자기가 책임져야지. 끼니 챙기기에도 힘겨운 중에게 근심 보따리만 안기고 가서야 쓰겠는가."

"예. 잘 알겠습니다. 하룻밤이 천 년보다 길었습니다."

"어이쿠! 그 양반, 계속 듬직한 말만 하네."

삼 년이란 세월은 찌질했던 나를 넥타이 빳빳하게 맨 샐러리맨, 투철한 현실감으로 무장한 세무공무원으로 만들었다. 소득세과는 수북이 쌓인 자료더미 속에 묻혀 산다. 나뭇잎 위에 반들거리는 햇살이나 여름밤에 무모하게 널려있는 달맞이꽃들에 대한 기억은 컴퓨터 모니터 속으로 빨려 들어가 까맣게 녹아버렸다.

파삭파삭한 일상을 가끔 축여주는 것이 원효스님의 전화였다. 그날도 세금을 은폐하려는 사업가와 서류를 앞에 놓고 실랑이를 하던 중이었다.

"김 선생! 잘 지내지요? 나요."

"예예, 원효대사님, 안녕하세요?"

"대사는 무슨 얼어 죽을 대사. 유치원 소사지! 이번 금요일 두 시에 M시에 있는 S예식장으로 오소. 그때 그 아가씨의 결혼식이 있소. 처자식도 없는 내가 주례를 서게 됐소."

"누구하고 결혼한데요?"

"누구긴, 남자하고 결혼하지. 허허!"

"에이, 대사님도 썰렁하네요."

"시인이래. 현실감 없는 인간들끼리 만나 현실을 만들겠지."

"예예, 대사님! 알았습니다. 꼭 가겠습니다."

꼭이라고 힘주어 말했으나 갑자기 머리가 혼란스러웠다. 금요일 두 시까지 M시에 닿는다는 것은 불가능하다. 네 시간은 족히 걸리는 거리다. 그렇다면 꼭이라는 약속은 무엇으로 대체하나. 오후 내내 어려운 화두를 붙들고 앉은 것처럼 난감한 수렁에 빠져 있었다. 민원인을 대하는 말투에 신경질이 곁들여졌다. 은폐의 술수가 뻔히 보이는데 아니다, 잘못 산정했다라고 따지는 것까지는 참을 만하다. 그러나 윗선을 통해 강한 전류로 나를 감전시키려는 책략은 견디기 어렵다. 그래서 동료들은 초발심을 잃어가는 것일까. 오히려 슬슬 미끼를 던지는 술수를 익혀가는 것일까. 금요일 두 시, 결혼식 시간을 맞추기 어렵다는 짜증이 온갖 것들까지 들추어내며 울화를 증폭시켰다. 민원인 중 일부는 내가 쏘아댄 필요 이상의 화살을 맞고 쩔쩔 매기도 했다.

고민은 참으로 어이없는 것이었다. 종잇조각 하나를 뒤집지 못하는 어리석음이었다. 월차를 쓰면 된다는 훌륭한 제도를 생각해내는데 많은 시간과 안달이 소요되었다. 월차나 년차는 영웅적 활동에만 써먹어야 한다는 고정관념이 있었다. 내가 투자해야 할 월차 중에서 그때 그 일보다 더 소중하고 영웅적인 것이 대체 무엇이 있단 말인가. (*)

단편

아니? 왜? 천진암

아니? 왜? 천진암

국문장에 붙들려온 천진암 스님들

"머리 깎은 저것들은 무엇이냐?"

대왕대비(영조의 계비, 정순왕후)의 노기서린 목소리가 국문장 기둥을 흔들었다. 대왕대비의 분노에 기름을 붓듯 의금부도사는 억센 목소리로 아뢰었다.

"요사스러운 악행을 저지른 천주사학 패거리를 숨겨준 자들이옵니다. 사악한 무리들과 동거하며 그들이 강학이란 이름으로 혹세무민하는 음모를 꾸미도록 도와 준 자들이옵니다. 어제 의금부에서 잡아들였습니다. 이들의 소굴 천진암은 부수어버렸사옵니다."

"간적의 무리를 숨겨주고 놀이판을 만들어주었다고? 어허, 국법 무서운 줄 모르는 패륜들이구나. 사학패보다 죄질이 더 나쁘구나. 도망친 자는 없느냐?"

"예, 열 명이 얼음덩어리처럼 엉켜 굳어있었사옵니다."

대왕대비 곁에 앉은 어린 임금(순조)의 손은 곤룡포 속에서 바들바들 떨고 있었다. 어린 임금을 슬쩍 바라본 대왕대비는 임금의 윤허를 받았다는 어조로 짧고 강하게 명을 내렸다.

"독이 퍼지기 전에 당장 끌고 나가 극형에 처하라."

국문장에 끌려온 열 명의 스님들은 젖은 빨래 같은 몰골이었다. 너덜너덜하게 찢어진 먹물옷은 피멍으로 얼룩져 검붉었다. 얼룩진 승복 속에 앙상한 몸뚱이가 헐렁하게 담겨있었다. 어젯밤 천진암에서 체포되어 짐승처럼 질질 끌려서 의금부로 압송되었다. 포승줄에 묶인 손은 시퍼렇게 멍이 들었고 발은 부르트고 갈라져 핏덩이 뭉치였다. 얼굴은 팅팅 부어 있었다. 그들은 국문장에 부려놓은 쓰레기더미였다.

"더 이상 보기 싫다. 당장 끌고 나가 참수하라."

사악한 무리를 청소해야한다는 광풍이 온 나라를 휩쓸고 있었다. 자고 나면 임금 앞에 상소장이 쌓였다.

이런 것들이었다.
'간적(奸賊)이 요사스러운 악행을 저지르며 흉악하게 우리 성상을 헐뜯고 있습니다. 그 패거리들이 또아리를 틀고 날이 갈수록 민심이 미혹되고 있습니다. 성상에 대한 모함이 망극한 지경입니다. 그들의 소굴을 소탕하여 성상에 대한 모함을 해

명하고 세도(世道)를 정화해야합니다. 그렇게 하지 않으면 조선 땅 천지에 퍼져 나갈 것입니다.'

'서양의 요술이 윤리를 파괴하고 가정과 국가에 화를 끼치고 있습니다. 요술이 중국에 들어 온 뒤로 서남의 여러 오랑캐 지역에 유행하였고 급기야는 일본에까지 파급되었습니다. 화(禍)를 조장하여 백성들에게 해독을 끼치는 것이 술수로 길흉을 점치는 점쟁이보다도 심합니다. 그들은 날마다 요망한 말을 뇌까리며 화란을 퍼뜨리고 있습니다.'
－〈정조실록 43권, 정조 19년 7월7일 병진, 행부사직 박장설의 상소문 중 일부〉

헌부(憲府) (집의 유경·장령 홍광일) 에서 아뢰기를,
'근일에 요사스럽고도 흉패(凶悖)한 사학(邪學)이 열화같이 치열해져서 형세의 위급함이 하늘을 뒤덮고 있습니다. 다행히 우리 자성 전하께서 특별히 밝은 전지(傳旨)를 내리셔서 엄중하게 처결하셨으므로, 요요난령(妖腰亂領: 허리를 자르고 목을 베어 마땅한 요사스럽고 악한 자)들이 차례로 형장으로 끌려 나아감에 따라 근저가 뽑히고 소굴이 소탕되었습니다.

그런데 정약전·정약용 형제는 정약종의 동기로서, 몰래 이승훈에게 요서(妖書)를 받아 밤낮으로 탐독하여 민심을 어지럽히고 윤리를 멸절시켜, 세상의 지탄을 받은 지 여러 해가 되었습니다. 엄중하게 추국하는 자리에서는, 처음에는 미혹되었으

나 마침내 잘못을 깨닫게 되었다는 말은 거짓 변명입니다. 통렬하게 반성한 자취는 끝내 증명할 수 없습니다. 옛날과 다름없이 사학에 깊이 빠져들어 있습니다. 그런데 갑자기 그 죄를 감하여 살려주어 정배(定配)하는 데 불과했습니다.

이들은 온갖 요사스럽고 간사한 짓을 저지르고 있습니다. 윤리를 훼상시키고 흉흉한 말들을 방자하게 발설함으로써 스스로 금수(禽獸)가 되는 것을 달갑게 여기고 있습니다.

―〈순조실록 2권, 순조 1년 3월 18일 갑오, 중에서〉

중국인 신부 주문모까지 처형해버린 마당에 저 멀리 한강 건너 앵자봉 골짜기에 있는 초라한 암자, 천진암에 있던 스님들을 없애버리는 것은 당연하고 간단했다. 중들은 천민 중에 천민이었다. 세상이 어떻게 돌아가고 있는지 모르는 천진동이들이었다.

파김치 되어 엎어져 있던 스님들 중 주지 스님이 몸을 가누어 엎드린 채 입을 열었다. 간신히 숨을 쉬며 내뱉는 신음 같은 목소리다.

"전하, 죽는 것은 두렵지 않사옵니다. 소승들의 뜻을 잠시라도 들어주시고 처형해주시옵소서."

장검을 짚고 임금 옆에 서있던 어영대장이 화들짝 놀라며 고함을 질렀다.

"어허! 무엄하다. 극형에 처하라는 어명이 내렸거늘 어느 안

전이라고 감히 주둥이를 여느냐?"

"자애로우신 전하, 소승의 말을 잠시만 들어주시고 목을 베어도 늦지는 않을 것이옵니다."

몸은 허물어지고 있지만 생사를 초탈한 담담한 신음에 어린 임금은 움찔했다. 국문을 마치고 자리를 뜨려다 입을 연 스님과 눈이 마주쳤다. 20미터가 넘는 단 아래에 망가진 몸으로 엎드려 있지만, 맑은 눈에서 뿜어내는 광채가 번득였다. 임금은 대왕대비의 눈치를 보며 침을 삼켰다. 당황해하는 기색을 숨기며 입을 열었다.

"말하라."

어영대장이 황급히 나섰다.

"전하, 사악한 패거리를 숨겨준 죄가 명명백백하거늘 변명을 들으실 필요는 없사옵니다. 그만 편전으로 납시옵소서."

"하찮은 미물도 짐의 보살핌 아래 있다. 잠시 저들의 말을 듣고 처형하라."

어영대장은 더이상 나서지 못했다. 순간적으로 일어난 일에 대왕대비도 당황했다. 대왕대비는 잠시 자애로움으로 얼굴과 말투를 포장하며 입을 열었다.

"니가 중들의 우두머리냐? 무슨 말인지 말하라. 들어나 보자."

도시락과 큰도시락

"토마스 신부, 끌려온 스님이 무슨 말을 했을까?"

"글세나, 살려달라고 애걸한 건 아닐 테고. 이미 죽음이 확정되었으니."

"날 시험하려들지 말고, 선재 스님이 답을 주소."

"내가 답을 알면 질문하겠나. 우문현답이나 해보소."

"현문우답이면 몰라도. 난 엉터리 신부야."

"나도 엉터리 중인데 뭘. 하하!"

퇴촌에서 천진암에 이르는 계곡은 풍광이 일품이다. 백담사 계곡처럼 장엄하진 않지만 굽이굽이 꿈틀거리고, 오밀조밀한 계곡에 맑은 물이 콸콸 흐르고 있다. 바라만 보아도 속세의 먼지가 홀홀 털려버린다. 다정다감한 개울이 비밀의 정원으로 가는 길처럼 이어져 있다. 일부 계곡에는 음식점들이 자리를 잡고 계곡을 점령하고 있다. 계곡의 끝자락에 '천진성역'이 거대한 위용으로 자리 잡고 있다. 그곳은 샹그릴라일까? 점령군 사령부일까?

"토마스 신부, 네가 신부가 된 게 정말 이해가 안 돼. 학교에서 넌 나홀로 일진이었잖아. 나쁘게 말하면 쌩양아치. 나도 삥땅 많이 뜯겼다. 때린 놈은 기억 못 해도 맞은 놈은 기억한다."

"그 얘긴 그만해라. 잊혀질 권리도 없냐. 얼마나 삥땅 당했냐? 이자까지 쳐서 지금 다 줄게. 나도 니가 스님이 된 게 불가사의다. 세월국민학교에서 전교 수석을 하던 놈이 스님이 되어버렸으니. 선생님들은 '우리 헌식이는 판검사가 될 거야'라는 말을 입에 달고 다녔는데. 넌 배신의 아이콘이야."

"신 중에서 가장 되기 쉬운 신이 배신 아니냐. 하하! 난 아직 고무신 신세다."

선재 스님은 신고 있던 고무신으로 계곡물을 퍼서 토마스 신부에게 끼얹는 시늉을 했다. 두 친구는 음식점에서 한참 떨어진 계곡의 상류 쪽 한적한 곳에 자리를 잡고 앉아 있다. 작은 바위에 걸터앉아 신발을 벗고 계곡물에 발을 담그고 있다. 신부와 스님이 아닌 묵은 추억이 있는 친구로서 만났다. 몽매한 시절을 지나 지금은 다른 옷을 입고 다른 길을 걷고 있다. 밤하늘의 별처럼 희미하게 서로의 존재를 기억하고 있다가 30년 만에 만났다. 그 사이에 도시원은 신학대학을 졸업하고 사제 서품을 받아 토마스 신부가 되었다. 학교에서는 '헌식아', 스님에게는 '선재야'라고 불리던 천헌식은 정식 수계를 받고 선재 스님이 되었다.

비가 온 후라 계곡물은 인심 좋은 부잣집처럼 넉넉했다. 선재 스님이 토마스 신부의 연락처를 수소문하여 함께 만나서 여기로 왔다. 세월이 흘렀지만 두 사람에게 낯설지 않은 곳이다. 200여 년 전 다산과 그의 무리들이 천진암에 머물며 스님들과 동고동락하며 격의 없는 교유를 재현하는 자리였다. 선재 스님은 만남의 속셈을 토마스 신부에게 말하지 않았다.

"스님아, 도시락 싸왔나?"

"신부야, 니가 도시락인데 뭘 또 싸오나."

그들은 금방 30년 전으로 돌아가는 기억의 순발력을 발휘했다. 좋은 기억이든 나쁜 기억이든 기억은 모난 것을 뭉개버리고 좋은 추억으로 포장된다.

아이들은 친구의 별명을 만들어내는 데 천재였다. 기발한 것도 있지만 대개는 단순한 특징을 포착해서 명명해버리는 시시한 천재들이었다. 친구의 신체적 특이함이나 이름자를 가지고 놀림감을 만들어 즐겼다. 친구의 장점으로 별명을 만드는 경우는 없었다. 대놓고 저항하지 못하는 반발심으로 별명을 사용했다. '도시원'의 별명은 별 고민 없이 '도시락'이 되었다. 어이없게도 덩치가 작은 '천헌식'의 별명은 '큰 도시락'이었다.

별명이 도시락이지만 도시원에게는 도시락이 없었다. 점심시간이 되면 시원은 헌식의 도시락 뚜껑을 빼앗아 들고 이 자리, 저 자리를 돌아다니며 다른 아이들의 밥과 반찬을 약탈해서 게걸스럽게 먹어치웠다. 아이들은 덩치 큰 시원의 위력 때문에 빼앗겨도 항의하지 못했다. 시원은 자신이 처분할 수 있는 거리에 있는 것은 모두 도시락으로 보였다.

몇 달째 그 짓이 계속되자 헌식의 도시락은 크기가 커졌다. 3단으로 된 찬합이었다. 맨 윗칸에는 나물반찬, 짠맛 흥건한 무우 지가, 나머지 두 칸에는 쌀알이 새치처럼 몇 알 들어있는 보리밥이 꽉꽉 눌려 담긴 큰 도시락이었다. 큰 도시락에 담긴 음식의 절반은 짝꿍인 시원의 몫이었다. 처음에는 머뭇거리던 시원은 금방 호방하게 먹어치웠다. 그로부터 시원의 약탈행위는 멈췄다. 시간이 지나자 반찬 투정도 서슴지 않았다. 시혜가 권리가 되는 것은 순식간이었다. 도시락과 큰 도시락은 그렇게 도시락을 나눠 먹으며 자랐다.

시원은 불온한 착불 택배처럼 어느 날 갑자기 세월리洗月里에 던져졌다. 앵자봉을 중심으로 계곡을 이룬 맑은 물은 이 골짜기 저 골짜기에서 흘러와서 세월리를 지나 남한강으로 흘러들어간다. 물이 너무 맑고 깨끗해서 지나가던 달도 몸을 씻고 간다고 세월리라는 이름이 붙여졌다. 세월리를 흐르는 물은 맑고 차고 달았다. 그 물을 먹고 그 물에 얼굴을 씻으며 사는 세월리 사람들, 세월리 아이들은 얼굴이 참 맑았다. 생수병 같은 세월리에 낯선 이물질이 던져졌다. 택배비는 엉겁결에 아이를 떠맡은 그의 외할머니가 지불해야 했다. 아무도 그를 초대하지 않왔다. 던져진 그를 보고 마을 어른들은 측은해했다. 아이들은 당황스러워했다. 당황함에는 두려움도 섞여 있었다. 외양부터 그랬다. 거뭇거뭇한 피부, 구불구불한 곱슬머리에 쌍꺼풀이 진 깊게 파인 눈, 툭 튀어나온 광대뼈, 키는 다른 아이들보다 머리통 하나는 더 컸다. 아직 아이임에도 팔뚝과 다리에 털이 숭숭 나 있었다. 아이들은 몰래 숙덕거렸지만, 그의 덩치와 아이들이 알지 못하는 신기하고 몽롱한 서울 소식을 토해내는 말재주 덕분에 그는 단번에 아이들 세계를 지배하는 군주가 되었다.

 마을에서 한참 떨어진 윗다리골 외딴집에 할머니와 함께 산다는 것, 어머니와 서울에서 살다가 어머니가 할머니에게 아이를 맡기고 가버렸다는 것, 그의 아버지를 아는 사람도 본 사람도 없다. 아주 멀리, 홀쩍, 자기 나라로 가버렸다는 긴가민가하는 소문만 떠돌았다. 시원 역시 아버지를 본 적이 없다. 시원의 할머니는 시원을 떠안은 지 3년 후에 돌아가셨다. 땔나무를 해오다가 돌부리에 걸려 지게에 깔려 돌아가셨다. 마을 사람들이 정성껏 장례를 치러주었다. 혼자가 된 시원에게 마을 사람들은 밥과 반찬을 주기도 하고 보리쌀을 한 바가지 퍼서 주기도 했다. 시원의 가슴은 차돌처럼 단단해져갔고 용맹은 갈수록 거칠어져갔다.

나는 그것을 보지 않았다

사흘째 폭우가 쏟아지고 있었다. 개울을 건너야 도착할 수 있는 학교는 개점휴업이었다. 선재는 불어난 물 때문에 학교에 가지 않고 혼자 관암사를 지키고 있었다. 폭우는 학교에 가지 않아도 되는 고마운 축복이었다. 주지 스님은 일주일 전에 출타했다. 멀리 있는 사형을 만나러 간다고 했다.

"선재야, 공양시간되면 굶지 말고 공양해라. 변변찮지만 공양간에 양식과 반찬거리가 있다. 때맞춰서 부처님께 마지 올리는 것을 잊지 마라. 모레가 초하룻날이다. 천진암 터 주춧돌 앞에 가서 삼배 올리고 오너라. 수십 번 함께 갔으니 이제 너 혼자 갈 수 있겠지. 산길로 반나절은 걸리니 조심해서 다녀오너라. 내 은사 스님, 은사의 은사 스님, 그 위 은사 스님이 해온 일이니 잊지 말고 꼭 다녀오너라. 사형님을 만나 천진암 중창 불사를 상의해 보겠다만 사형님도 힘이 없으니 큰 기대는 안 한다."

대낮에 내리는 폭우는 장관이었다. 나뭇가지가 춤을 추듯 휘청거리고 빗줄기가 허공을 찢으며 장대처럼 땅으로 내리꽂혔다. 그 모습을 보며 선재는 법당 앞에서 온몸으로 비를 맞으며 폭우를 즐겼다. 밤에는 무서웠다. 시각적인 것은 사라지고 청각적인 것만 살아 날뛰었다. 요사채 끝방에 콕 처박혀 날이 밝기를 기다리며 관세음보살을 무수히 반복했다. 그러다가 잠이 들었다.

한밤중이다. 오줌이 마려워 잠이 깼다. 초저녁에 허겁지겁 수박 한 통을 다 먹어치운 때문이었다. 장대비를 뚫고 해우소까지 가기 싫었다. 주지 스님도 안 계시는데. 변명을 합리화하는 고민을 길게 할 수 없었다. 오줌보가 터질 것 같았다. 불을 켜지 않고 방문을 살짝 열고 바깥을 향해 시원하게 발사했다. 바람이 거셌다. 빗물과 오줌물이 섞여 방안으로 튀어 들어왔다. 선잠 깬 상태에서 얼핏 법당 쪽을 바라보았다. 캄캄한 가운데 움직이는 검은 물체가 보였다. 보자기에 싼 큰 물건을 들쳐 메고 가파른 돌계단을 내려와 빠르게 사라졌다. 법당문을 닫지 않고 사라져 비바람의 힘으로 법당문은 쿵쾅거리며 사납게 여닫이 운동을 계속했다. 선재의 가슴도 쿵쾅거리며 요동쳤다. 잠이 싹 사라졌다. 날이 밝기만을 기다렸다. 빗줄기가 조금씩 가늘어졌다.

이불로 몸을 감싸고 앉아있던 선재는 먼동이 희뿌옇게 밝아오자 후다닥 일어나 법당으로 갔다. 낯선 풍경에 아연했다. 부서진 채 엎어져 있는 불전함이 가장 먼저 눈에 띄었다. 다음 풍경에는 악 소리를 지를 뻔했다. 수미단 위에 모셔놓은 부처님이 사라졌다. 선재가 할 수 있는 일은 아무것도 없었다. 주지 스님의 불호령을 생각하니 머리통이 빠개질 것만 같았다. 속이 훤히 보이도록 부서진 불전함을 바로 세워 놓고 법당 마당으로 나왔다.

법당에서 마당으로 내려오는 돌계단에 비에 흠뻑 젖은 운동화 한 짝이 뒤집혀 있었다. 얼른 주웠다. 세찬 비에 씻겨 깨끗했다. 주워든 운동화 한 짝을 살펴보던 선재는 화들짝 놀랐다. 낯익은 나이키 운동화다. 흰 바탕에 빨간색 부메랑 모양의 로고가 선명했다. 볼펜으로 진하게 쓴 '도시락 꺼'란 글씨가 운동화 뒤축에 적혀 있었다. 나이키 운동화를 가진 아이는 시원뿐이었다. 아이들은 그것을 부러워했고 시원은 장수의 지휘봉처럼 신발을 쳐들고 자랑하던 운동화였다. 선재는 운동화 한 짝을 요사채 뒤쪽에 있는 장독대로 가지고 가서 비어 있는 독에 넣었다.

주지 스님이 돌아왔다. 법당에 들러 사태를 파악한 주지 스님은 표정의 변화가 없었다. 선재는 스님 앞에서 머리를 조아리고 똥 마려운 강아지처럼 낑낑댔다. 얼른 불호령이 내리고 죽비로 자신의 대갈통을 갈겨주면 좋으련만. 주지 스님은 돌부처처럼 말이 없었다. 촌각의 시간은 고문의 연속이었다. 한참 후에야 스님이 입을 열었다.

"선재야, 보았느냐?"

"아무것도 못 보았습니다."

"흔적은 있었느냐?"

"아무것도 없었습니다."

"됐구나. 그러면 됐다. 니 마음고생이 컸구나. 보고 싶은 것만 보고, 듣고 싶은 것만 들어도 이승은 짧다. 너도 이제 머리를 깎아도 되겠구나. 니 부모가 입 하나 덜자고 일곱 살짜리 너를 나한테 맡기며 큰 중을 만들어달라고 했다. 니 마음 씀씀이를 보니 내가 할 일을 조금은 했구나. 이제는 니가 절집에서 산다는 것을 학교 친구들에게 말해라. 내년이면 니가 국민학교를 졸업하는구나. 6년이면 인삼도 수확을 한다. 내 사형님이 계시는 큰 절로 가거라. 거기 가서 제대로 중 공부를 해라. 허물어져 가는 여기서 내 시중이나 들며 불목하니로 썩을 수는 없다. 총명한 니 머리가 아깝다만 부처님 공부는 판검사 되는 공부에 견줄바 아니다. 나는 은사님의 유지를 하나도 못 이루었다."

선재는 엉망진창된 마음 타래를 가눌 수가 없었다. 독백 같은 주지 스님의 말도 이해가 되지 않았다. 불전함이 부서지고 부처님을 도난당한 죄, 그것에 대한 상식적 처벌이 내려지기만을 간절하게 원했다.

"그 놈도 참 우매하고 처량하구나. 비빌 언덕을 제대로 찾아 등을 비비고, 물길을 보고 낚시를 던져야 하거늘. 밤중을 걷는 중생이긴 그놈이나 나나 똑 같구나. 촌구석 절 불전함에 뭐가 들어 있겠노. 빈 통이다. 부처님을 업고 갔으니 그보다 더 큰 공덕이 어디 있겠노. 언젠가는 깨달음이 있겠지. 땔감으로 쓸 수도 없는 부처님이다. 목불이면 아궁이에 넣어 불쏘시개 공양이라도 하겠지만 그건 흙덩이로 빚어 금색 페인트칠한 부처님이다. 나무관세음보살!"

선재는 엉겁결에 스님께 합장을 하며 '나무관세음보살'을 따라했다.

뛰어본들 부처님 손바닥 안이다

"큰 스님, 큰일 났습니다. 지금 퇴촌 쪽에서 관군 수십 명이 이리로 오고 있습니다. 어서 피하세요."

아랫마을에 심부름 갔던 행자가 헐레벌떡 달려오면서 법당 문을 후다닥 열며 소리쳤다. 온몸이 땀에 젖은 걸로 봐서 쉬지 않고 단걸음에 달려온 모양이다. 천진암 법당에서 저녁 예불을 올리고 있던 스님들이 동요했다. 목탁소리가 불규칙으로 떨렸다. 주지 스님은 힘을 주어 소리쳤다.

"계속해라. 단전에 힘을 주고 더 크게!"

"아제 아제 바라아제 바라승아제 모지사바하

아제 아제 바라아제 바라승아제 모지사바하

아제 아제 바라아제 바라승아제 모지사바하"

반야심경의 마지막 구절이 찌렁찌렁하게 울렸다. 앵자봉이 흔들리고 암자를 둘러싼 소나무 고목 수십 그루가 몸을 비틀며 뿌지직 뿌지직 소리를 냈다. 가지가 부러지고 둥치가 터지며 끈적끈적한 송진이 흘러내렸다.

예불이 끝났다. 주지 스님은 스님들을 둥그렇게 둘러앉게 했다.

"선비들은 다 떠났느냐?"

"예, 지난밤에 책 보따리를 챙겨 황급히 떠났습니다. 미처 챙기지 못한 서책과 소지품들은 해우소 뒤에 묻었습니다."

법당 안에 들어오지 않고 바깥에 있던 행자가 숨넘어가는 소리로 다시 외쳤다.

"스님, 빨리 피하세요. 다 죽습니다. 빨리요."

"어허, 그놈 참, 시끄럽다."

주지 스님을 중심으로 둘러앉은 스님들은 오금이 저렸다. 탈출 명령이 떨어지길 기다리며 주지 스님의 입만 바라보았다.

"너희 중에 죄 지은 놈 있느냐?"

스님들은 움찔하며 곁눈질로 곁에 앉은 스님들을 바라보며 입을 열지 못했다.

"우리가 지은 죄가 무엇이냐?"

역시 아무도 말을 하지 못했다.

"도망은 죄 지은 놈이 하는 짓이다. 지은 죄가 있는 자는 지금 당장 떠나거라. 어디로 가는지 묻지 않겠다. 무슨 죄를 지었는지도 묻지 않겠다.”

무거운 침묵이 흘렀다.

“행자야, 너는 지금 당장 떠나거라. 아랫마을로 가지 말고 산길을 넘어 세월리로 가거라. 밤길이 무서우면 관세음보살님을 100만 번쯤 부르면서 걸어라. 새벽녘이면 마을에 도착할 수 있을게다. 마음 맑은 사람들이 사는 마을이니 박대하지 않을 거다. 거기 가서 옷을 얻어 입고 살아남아라. 인연 있는 사람을 만나면 여기 있었던 일들을 전해라. 알았느냐?”

법당문에 기대어 부들부들 떨고 있던 행자는 비틀거리며 합장을 하고 천진암 뒤쪽 산길을 향해 냅따 뛰었다.

“스님들, 지금부터 용맹정진합시다. 몇 시간이 될지 며칠이 될지 모르지만 수마를 물리치고 용맹정진합시다.”

자리를 다시 정돈하고 자세를 고쳐 부처님 앞으로 모였다.

“쿵쿵쿵, 쿵쿵 쿵쿵!”

목탁소리가 출항을 알리는 뱃고동처럼 우렁찼다.

“옴마니반메훔! 옴마니반메훔! 옴마니반메훔!”

염불소리가 법당 기둥을 들었다 놓았다 했다. 지진처럼 우렁찼다. 저 멀리서는 횃불을 치켜든 관군들의 말발굽 소리가 점점 가까워지고 있었다.

그들의 출현은 무례했다

옥색 도포에 갓을 쓴 말쑥한 선비 다섯 사람이 천진암 뜰에 들어섰다. 옷차림은 말쑥했지만 먼 길을 걸어온 탓에 가죽신은 흙투성이였다. 법당 앞 돌계단에 걸터앉은 그들은 조용한 경내를 향해 소리쳤다.

"누구 없소? 절이 싫어 중들이 다 떠났나? 이리 오너라!"

차림새는 정결하나 말투에는 오만한 먹물 냄새가 풍겼다. 법당에서 사시불공을 올리는 스님들의 독경소리가 자욱하건만 그들은 일부러 거드름을 떨었다.

"형제님들, 어떻소이까?"

"산속 깊숙한 곳이라 강학하기에 딱 좋소이다. 여기서 굿판을 벌인들 누가 알겠소이까. 하하하!"

예불을 마친 주지 스님이 가사를 벗어 팔목에 걸치며 돌계단을 내려와 그들에게 합장했다. 그들은 예를 받지도 표하지도 않고 각자 주변 지세를 훑으며 중얼거렸다.

"선비님들, 무슨 일로?"

"암자는 옹졸하나 주변 풍광이 일품이네. 어릴 적 이 근처에서 뛰놀던 기억이 새록새록 피어나는구먼. 스님, 날 기억하시오?"

그 중 한 선비가 자세와 얼굴을 바로 하니 금세 알 수 있었다. 입가에 이제 막 검은 수염이 자라는 애송이 선비였다. 다산

정약용이다.

"아하, 어서 오시오. 개구쟁이 도련님이 의젓한 선비님이 되셨군요. 험한 산길 오느라 고생들 했소."

주지 스님은 다산의 손을 덥석 잡고 반가움을 표했다. 다산이 사는 곳과 천진암은 멀지 않았다. 나룻배로 남한강을 건너면 닿을 수 있다. 그래도 산길을 통해야하니 반나절은 걸린다. 천진암의 지형을 알고 있던 다산이 강학의 장소로 염두에 두고 동료 네 명과 함께 답사를 온 것이다. 은밀하게 강학회를 하기에 적격이었다. 동행한 선비들도 흡족해했다.

"스니임, 우리가 여기서 공부를 좀 하려고 하니, 방을 내어 주시오. 먹을거리는 우리가 준비하겠소이다."

"누추하지만 요사채에 빈방이 있소. 내 비록 늙고 힘이 부치나 절집을 찾아온 손님이니 성심으로 봉양하겠소. 젊고 총명한 선비들을 섬기는 게 부처님 섬기는 것과 다를 바 없겠지요."

"고맙소. 천주님의 가호가 있을 거요."

다산은 어릴 적부터 자주 천진암을 찾았다. 근처 계곡에서 형제들과 고기를 잡고 놀았다. 천진암 강학회(1779년)가 시작된 지 18년이 지난 정사년(1797년.다산 36세) 5월 단오날 형제 4명과 함께 천진암에서 놀며 지은 시 중 한 편은 이렇다.

지는 해 나무 끝에 숨고

잔잔한 연못 물빛 사랑스럽구나

새로 난 버들 연못에 누워 있고

성긴 버드나무 밤안개를 머금었구나

멀리 대 홈통으로 끌어온 작은 물방울들이

차고 넘치면 가만히 전답으로 들어가네

누가 이 좋은 언덕과 골짜기 가져다가

두어 명 스님들만 차지하게 했던가

1827년에 65세의 노인이 된 다산은 옛날의 동료들과 함께 마지막으로 천진암을 찾아와 현장에서 지은 시에서,

"천진암에 오르는 바윗돌 사이사이로 난 실 같은 오솔길은

내 어릴 적에 오르내리며 놀던 길인데 (昔我童時遊),

여기서 우리는 중용, 대학, 서전, 주역 등 상서를 다 외운 후

불에 태워 물에 타서 마시는 소련을 하였었지(尙書此燒鍊)

저명한 호걸들과 선비들이 모여 강학을 하고,

독서를 하던 곳이 바로 여기였지(豪士昔講讀)!"

하며, 옛 추억을 회고했다. (다산의 '유천진암기遊天眞庵記' 중에서)

그들의 생활은 치열했다

그들은 밤안개처럼 천진암에 스며들었다. 은거하여 강학하기에 적합하고 한양을 드나들며 연락을 하고 서책을 가져오기도 용이한 위치였다.

1779년 기해년, 정조 3년 음력 섣달, 정약용(17세), 정약종(19세), 정약전(21세), 이승훈(22세), 이총억(14세), 권철신(44세), 그들은 천진암에 둥지를 틀었다. 이벽(25세)은 열흘 후에 합류했다. 이벽은 권철신이 좌장이 되어 은밀하게 강학회를 개최했다는 소문을 듣고, 한양에서 백여 리 눈길을 걸어 엄동설한에 마재와 항금리를 거쳐, 앵자봉 동편 아래 주어사에 밤늦게 도착했다. 그러나 강학회는 천진암에서 하고 있음을 알고, 그날 밤에 바로 길을 떠나 눈 덮인 앵자산 마루를 넘어 한밤중에 천진암에 도착했다.

그들은 밤낮을 가리지 않고 눈에 불을 켜고 토론하고 신념을 다졌다. 생소한 천주교 책을 읽고 토론을 벌였다. 그 내용은 서당이나 사찰, 일반 가정에서는 엄두를 못 낼 것들이었다. 조상을 부정하고 조상에 대한 제사를 부정하고, 본 적도 없는 천주님을 줄창, 지성으로 불러댔다.

가장 연장자인 권철신이 좌장을 맡아 진행했다. 그의 주장이 자신의 신념과 맞지 않으면 막내 이총억이 또박또박 반박했다.

저마다 천주 교리에 대해 확신은 있지만 아직 논리가 미약했다. 논리는 미약했지만 결론은 명백했다. 우주는 천주님이 창조한 것이며 인간은 원죄를 가지고 태어났다. 예수의 보혈만이 그 죄를 씻을 수 있다. 조선은 아직 천주님의 존재조차 모르는 미개한 나라다. 우리가 피를 흘려 조선이 천주님의 강토임을 알게 해야 한다.

그 중 이벽은 천주학 공부의 깊이가 가장 깊었다. 그들은 자연스럽게 이벽을 스승으로 예우했다. 이벽을 중심으로 하나의 종교가 뿌리내리려는 조짐이 보였다. 바위 밑에 대나무를 심으면 대나무가 뿌리를 내리고 아주, 아주 천천히 바위를 들어올린다. 결국 바위는 굴러 떨어지고 대나무는 숲이 된다.

여러 날 계속된 강학회에서, 이벽은 강론과 논증을 통하여, 학자들은 유불선과 여러 경서에 담긴 도리를 하나하나 비교 연구 검토했다. 우주 만물에는 조물주 천주가 계시고, 사람에게는 불사불멸하는 영혼이 있고, 죽은 후에는 상선벌악을 하는 천당과 지옥이 있음을 믿게 되었다.

이곳에서 이벽은 '천주공경가'를 지었고, 정약종은 '십계명가'를 지었다. 권철신은 일과표와 규정을 만들어서 모든 이가 새벽이면 일어나 냉수로 세수를 하고 토론 시간, 기도 시간을 엄격하게 통제했다. 학자들의 마음과 몸가짐은 신중하며 열렬했다. 규정과 법도를 어기는 이는 없었다. 특히 이승훈은 숫돌에 갈 듯 자신을 철저히 연마했다고, 훗날 다산은 회고했다.

칠일마다 주일 하루는 천주공경에 바쳐야 함도 알았으나, 그 당시에는 요일이 없었다. 음력으로 따져서 매월 이레, 열나흘, 스무하루, 스무여드레를 주일로 삼아 예배를 했다.

그들의 강학은 계속 이어졌다. 계절이 바뀌고 드나드는 선비들이 바뀌었지만 강학의 모습은 한결 같았다. 주지 스님은 다른 스님들에게 그들을 불편하게 하지 말라고 엄명을 내렸다.

"선비들은 우리 집에 찾아든 갈 곳 없는 새들이다. 언젠가는 떠나갈 새들이다. 부처님 봉양하듯 불편하지 않게 잘 받들어라. 선비들이 무슨 공부를 하는 지 관심두지 마라. 누가 오는지 누가 가는지도 관심 두지마라. 그건 남의 집 곳간에 무엇이 들어있는가 하고 몰래 훔쳐보는 짓이다. 내 집에 찾아온 손님을 정성껏 대접하라는 주자의 가르침과 부처님의 가르침은 다르지 않다. 하심下心을 잃으면 모든 수행은 헛것이다."

공양을 준비하는 스님들의 일이 두 배로 늘어났다. 처음에는 음식을 먹고 설거지도 하지 않던 선비들의 태도가 조금씩 변했다. 식사를 하고 난 후에 발우 닦듯 그릇을 깨끗이 닦고, 경내에서 스님을 만나면 하대하듯 뒷짐을 지던 선비들이 스님들과 합장례를 나누었다. 스님과 선비들이 어울려 근처 계곡에서 탁족을 즐기기도 했다.

그들이 바라보는 곳은 다르지만 생활방식은 다르지 않았다. 스님들의 철야정진, 삼천 배 올리기, 묵언수행은 선비들에게 말없는 가르침이었다. 선비들이 잠을 쫓으며 밤새워 소곤거리는 토론은 스님들에게 자극이 되었다. 공부와 수행이 다르지 않구나. 불이법문이 그들에게 눅눅하게 스며들었다.

다블뤼 주교(프랑스 선교사이며 천주교 조선교구의 제5대 교구장. 병인박해 때 순교. 1984년에 한국의 103위 순교자의 일원으로 시성되었다)는 기록했다.

'천진암에서 천주교도 여럿이 모여 아무런 방해를 받지 않고 천주교 진리를 탐구하고 실천했다. 천진암은 유교 선비들이 불교 암자에서 천주교를 연구하고 실천하기 시작한 곳이다. 유교, 불교, 천주교의 사람과 장소와 사상이 합류한 곳이다. 조선 천주교회가 태동된 한국 천주교 발상지다.'

앵자봉 꼭대기에 걸린 구름이 석양을 받아 붉게 타고 있었다. 홍건한 핏빛이었다. 요동치는 바깥세상 소식을 어렴풋이 알고 있는 주지 스님은 심호흡을 했다. 수십 번 계절이 바뀌고 해가 바뀌고, 피바람을 동반한 신유년이 다가오고 있었다.

"그럭저럭 스물 두 해가 지났구나. 저들이 찾는 천주나 내가 찾는 부처가 다르지 않겠지. 꼬리가 길면 밟히는 법. 새들이 떠날 때가 되어가는구나. 새들은 허공에 발자국을 남기지 않는데. 어디론지 무사히 가야할 텐데."

여기 이 자리는, 여기 이 자리에는

"우와! 어마어마하구나. 입이 딱 벌어지네."

입구에서 '天眞聖域(천진성역)'이란 글자가 새겨진 커다란 비석이 맞아준다. 포장은 되어있지만 꼬불꼬불한 산길을 헤치고 다다른 천진암은 별천지였다. 산들이 에워싼 곳에 숨어 있는 또 다른 세상이었다. 이미 여러 번 와본 적 있지만 선재 스님은 토마스 신부의 표정을 살피며 감정을 과장하며 말했다.

"중국 사람들이라면 단박에 '상그릴라'라고 이름 붙이겠군."

선재 스님은 남의 집의 위용을 칭찬하는 립서비스를 했지만 토마스 신부는 대꾸하지 않고 덤덤했다. 그 역시 처음 방문은 아니다. 신학대학생 시절부터 성지순례를 여러 곳 다녔다. 천진암이 터를 닦고 하나씩 위용을 갖추는 과정을 알고 있었다.

"불교에서도 대작불사는 흔하잖아."

검은색 신부복, 회색 승복을 입은 두 사람이 다정하게 함께 걷는 모습이 이상하다는 듯이 다른 방문객들은 눈치 보듯 힐끗

거렸다. 곳곳에 세워진 조형물 앞에서 방문객들이 사진을 찍고 손을 모아 기도를 한다.

"목적지로 바로 가자."

선재 스님은 토마스 신부의 팔을 잡아끌었다.

"다 온 거 아니야? 목적지? 어디?"

토마스 신부는 짐작하고 있었지만 일부러 의뭉을 떨었다.

"알면서 왜 그래. 저 위쪽에 있는 묘소로 가자. 주변에 조형물이 너무 많아 기가 빨리는 느낌이다."

스키장 중급코스 같은 가파른 오르막길이다. 두 사람은 숨을 헐떡거리며 걸었다. 그 옛날 오솔길이었지만 지금은 콘크리트로 포장된 대로다. 길의 끝자락에 단정하게 정돈된 다섯 기의 묘가 있다. 묘는 각각 사방에 석판으로 둘러쳐져 있고 봉분에는 성성하게 자란 파란 잔디로 치장되어 있다. 이벽, 이승훈, 권일신, 권철신, 정약종 등 5위의 무덤이다. 주변을 조망할 수 있는 좋은 위치다.

두 사람은 묘소 가운데 서서 묵념을 했다. 토마스 신부는 성호를 긋고 손을 모아 고개를 숙이고 선재 스님은 합장례를 올렸다. 숙연한 묵념이 5분간 이어졌다. 묵념을 마친 토마스 신부가 입을 열었다.

"거룩한 죽음은 불멸이구나."

선재 스님은 시선을 먼 곳으로 향하며 대꾸했다.

"지세가 참 좋구나. 공부를 하든 도를 닦든 저절로 눈이 맑아지는 곳이구나. 바로 여기가 천진암 법당터다. 여기 묻힌 너의 성조들과 이름 남기지 않은 스님들이 함께 기거하며 수행했던 곳이다. 기록이 있는 죽음만 거룩한 것은 아니지. 기록이 없어도 사실은 변하지 않는 법."

선재 스님은 무덤 주변을 살폈지만 암자의 주춧돌은 보이지 않는다. 묻어버렸는지 옮겼는지 알 도리가 없다. '천진암 강학당지'라는 인색한 글자를 새긴 검은 표지석이 있다. 이곳은 이제 천주교 성지다. 당신들의 천국이다. '천진암'이란 세 글자만 기적처럼 생존해 있다. 불구덩이에서 건져낸 사리 세 과.

날이 어둑어둑해져간다. 갈 사람은 가라고 가랑비가 내린다. 있을 사람은 있으라고 이슬비가 내린다. 어디로 갈까. 토마스 신부는 여기에 마련된 숙소에서 묵기로 했다. 선재 스님은 떠나기로 했다. 토마스 신부가 승용차로 양평 읍내 버스 정류장까지 데려다 준다고 한다.

"선재 스님아, 만행 생활 청산하고 작은 절 주지라도 하며 정착하는 건 어때?"

"토마스 신부야, 뭘 줄 게 있어야 주지하지. 아무나 하나. 내 공부로는 남에게 아무것도 줄 게 없다.

신부야, 목이 꽉 조이는 답답한 옷 벗고 장가가서 예쁜 신부나 맞아들여라. 하하하! 니 아버지도 찾아보고."

"내가 신부인데 무슨 신부를 맞아들이냐. 아버지? 내가 하루에도 수백 번 부르는 게 아버지인데, 아직 안 오시네. 허허!"

선재 스님은 토마스 신부에게 누런 봉투를 건넸다.

"변 신부님께 전해주라. 사려 깊은 분이니 고려할 것이다. 이건 구걸하는 게 아니다. 이름을 남기지 않은 스님들에 대한 예의다. 봉투에 담긴 편지 내용은 이랬다.

존경하는 변기영 신부님

성인 5위의 무덤 곁에 작은 표지석을 세워 이렇게 새겨주십시오.

〈이 자리는 천진암이 있던 곳입니다. 여기 묻혀있는 성인 다섯 분을 비롯하여 초기 천주교인들이 박해를 피해 천진암에서 강학하며 천주 신앙의 뿌리를 내렸습니다. 천진암에서 한국 천주교의 역사가 시작되었습니다. 천진암에 계시던 스님들이 강학회를 허락하고 보호해 주었습니다. 이로 인해 많은 스님들이 희생되었습니다. 천주교인들을 숨겨주고 보살펴 준 이름조차 남기지 못한 스님들의 호의에 경의를 표합니다. 천주님의 은총이 함께 하길 기도하며 이 표지석을 세웁니다.〉

천진암의 아픈 역사를 기억하는 승 선재 합장

1993년 교황 요한 바오로 2세는 100년 계획으로 추진 중인 천진암 대성당이 완공되면 세울 머릿돌에 친필 서명하여 이런 글을 새겼다.

〈한국천주교 발상지 천진암 성지에 건립되는 새 성전 머릿돌에 교황 강복을 베푸노니, 하느님이 보우하사 온 겨레가 영원히 화목하기를 비노라.〉 (*)

중편

첫사랑

첫사랑

1. 묻혀있던 사금파리

지럭지럭 물이 내린다. 양철지붕이 없다. 콩 볶는 소리가 없다. 이유도 없이 물이 쏟아진다. 하늘에서. 소리도 없이 꾸물꾸물 물이 내린다. 물이 될 수 없는 우리, 그녀와 내가 마주 앉아있다. 고문이다. 선택한 고문이다.

전화벨이 울렸다. 귓속을 파고들어 예리하게 뇌세포를 찌르는 하이폰 전자음이다. 전화기를 바꿔야지,라고 생각만 했지 행동으로 옮기지 못하고 2년째 미적거리고 있다. 불만과 게으름이 동거하고 있다. 그러나 지금 짜릿하게 찔러대는 벨소리는 낯선 여행지에서 우연히 아는 사람을 만난 것처럼, 갑작스런 정전으로 허둥대는 암흑 속에서 누군가 찰칵 소리를 내며 켠 라이터 불빛처럼 반갑다.

온몸을 옥죄는 불편함과 시선조차 제대로 간추릴 수 없는 어색함에서 벗어날 수 있는 구원의 빛으로 전화벨이 울려 주었다. 대화의 꼬투리를 찾지 못하고 그녀와 마주앉아 어물쩍거리고 있다. 방독면을 쓴 것처럼 가슴이 답답하다. 손바닥에 땀이 끈적끈적하다. 무료하고 지독한 고문이다.

파도에 밀려 까마득한 섬으로 굳어버린 그녀라는 존재. 꿈속에서조차 손길 한 번 보이지 않은 채 싸늘한 뒷모습으로 멀어져 갔던 그녀였다.

무잡한 생활이 때론 고맙다. 불량한 이것저것에 쫓겨 아려오는 가슴 저림을 잊게 해주었다. 그러나 가슴 한가운데 피멍 같은 흔적은 웬만한 세제로 씻기지 않았다. 누추한 감상주의의 찌꺼기. 대범한 척 흉내를 내보지만 허약한 광대짓으로 그칠 뿐이다. 서른셋의 나이에 머쓱한 논리이긴 했으나 소중한 것은 소중할 뿐이라는 압박이 창처럼 박혀있다. 가슴 밑바닥에 침전되어 있는 앙금은 사리로 굳어버렸다. 바람이 없으면 잔잔하다가 미풍만 일어도 그리움의 찌꺼기가 울컥울컥 솟구쳤다. 그리움이란 찌들어가고 있는 내 생활에 유일한 방부제다. 이리저리 부대끼면서도 애써 움켜잡은 질긴 끈이다.

벨이 다섯 번째 울린다.

괴물 같은 모습으로 우리를 감싸고 있던 침묵의 늪이 깨어졌다. 견고한 얼음덩이에 예리한 바늘이 틈입해서 쩌정 소리를 내며 깨지는 모습이다. 나는 수전중 환자처럼 더듬거리며 수화기를 들었다. 나를 찾는 굵은 남자 목소리가 들린다.

"예, 그렇습니다. 접니다."

"오랜만입니요. 여기 쌍문동입니다. 일전에 뵌 적 있는 송입니다. 거기도 비 오지요? 진작 연락을 한다는 게, 늦어서 죄송합니다. 오늘 시간 있습니까? 쐬주 한 잔 칵~ 어때요? 지난번에 제시한 문제를 연구해 봤습니다. 우선 전화로 몇 마디 전해볼까요?"

상대가 누구인지 짐작되지 않는다. 친근감과 호의를 듬뿍 담은 윤기가 전화선을 타고 전해진다.

"개, 개는 말입니다. 두루 쓰이고 있더군요. 저는 기껏 '개새끼들, 개판이군' 따위에 쓰곤 했죠. 목덜미 힘줄이 터질 만큼 진저리 처지는 일들이 하루에도 어디 한두 번 입니까. 대가리 꼿꼿이 세우고 풀숲을 잠행하는 독사 같은 몸짓으로도 배겨내기 힘든 일들이 수두룩하지 않습니까. 사실 그렇지 않습니까. 멍한 사슴 같은 눈망울로 살아가는 사람들도 따지고 보면 표독스런 모습의 변형, 혹은 가면이 아닐까요.

개, 개 말입니다. '참 것이나 좋은 것이 아니라는 뜻으로 명사 앞에 붙여 쓰는, 함부로 된 것이라는 뜻을 지닌 접두사더군요. 예를 들어 볼까요. 성질이 검질기고 체면이 없이 막된 사람을 개고기, 옳지 못한 행동으로 더러운 욕망을 채우려는 싸움을 개싸움이라고 합니다. 그리고 참, 개판, '씨팔, 개판이군!' 저도 하루에 몇 번씩 내뱉는 말인데 윤 대리님도 마찬가지겠죠. 그 한마디가 그래도 막힌 위장을 삭혀주는 소화제 구실을 합니다. 잠깐만요. 조사한 노트를 펼쳐서 정확한 풀이를 전해드리지요. 개판 — 행동이나 사건이 이치에 어긋나고 되는대로 진행되어 가는 꼴, 몹시 난잡하여 두서가 없는 상태, 어떻습니까? 정확한 풀이지요?"

상대는 계속 지껄인다. 나는 낯선 침입자의 신바람에 제동 걸 생각을 잊고 경청하고 있다. 우라질 비는 그칠 기색이 없다. 고문을 장식하는 거룩한 소품이다.

…힘들게 연락했습니다. 뻔뻔스럽다는 의식조차 챙길 수 없는 상태입니다. 어딘가에 기대지 않고는 쓰러져 구겨지고 뭉개져 버릴 것 같습니다. 이런 꼴로 나타난다는 게 자신을 더욱 비참하게 한다는 것도 생각했습니다. 그러나, 지금, 거미줄이라도 잡아야 버틸 수 있을 것 같아 당신을 찾았습니다. 아직 당신만은 따뜻하게 손 내밀며 상처에 약 발라주는 고운 손길이길 믿고 싶습니다. 나의 뻔뻔스러움에 대해선, 지금은, 지금은, 아무 나무람도 마셔요.

오늘 업무를 마친 감사팀은 보따리를 챙겨서 부장실에서 차를 마시고 있다. 직원들은 그들이 퍼질러 놓은 서류를 간추리느라 정신없다. 힘든 하루가 깨졌다는 안도의 한숨과 함께 저마다 피곤을 너덜거리며 담배를 뻑뻑 빨아댄다. 입가에 매달린 벌건 담뱃불이 울화치민 힘줄처럼 꼿꼿하게 번득거린다. 나는 퇴근 후에 치러야할 의식을 생각하며 기지개를 켰다. 어차피 출발선에 섰으니 앞으로 달리는 수밖에 없다. 물러설 공간은 한 뼘도 없다. 부딪쳐 박살나든 상대를 무장해제 시키든 그것은 오로지 내 몫이다. 최악의 경우 함께 자폭하는 가미가제가 되라는 암시도 밀명 속에 들어있다. 전의戰意를 다지고 있는데 여직원이 고개를 갸우뚱거리며 한참동안 전화통에 매달려 있더니 나에게 수화기를 건네주었다.

그녀였다. 금방 폭삭 사그라질 한줌 재 같은 목소리의 그녀다. 실로 오래 묻어두었다가 만져보는 그녀의 음성이다. 순간적으로, 까닭을 물을 경황이 아니라고 판단했다. 그녀는 지금 천 길 낭떠러지로 내동댕이쳐지고 있다는 심상치 않은 불길함이 머릿속을 들쑤신다. 나는 포연 자욱한 전장에서 공격 명령을 하는 신임 소위처럼 외쳤다. '지금 바로 갈 테니 '아름나라'에서 기다려!'라고.

그리워하면서도 만날 수 없고 혹은 만나지 말아야 할 인연도 있다. 고등학교 시절 교과서에 나온 구절이 어지럽게 어른거린다. 그것이 두근거리는 가슴 틈새에서 출렁거리며 '아름나라'로 향하는 택시 안에서 내가 한 일의 전부다. 비에 흠씬 젖은 서리 병아리 같은 몰골로 '아름나라' 구석 자리에 쪼그리고 앉아 있을 거라는 참담한 풍경화가 그려진다. 전화선을 타고 전해진 잿가루 같은 그녀의 목소리가 그러한 상상을 어렵지 않게 한다.

소중한 것은 모두 너에게 주마. 좀 더 너를 아껴줄 수 있는 것이 없는가하고 두리번거리던 아쉬움. 오래도록 소중한 백합으로, 맑은 수액으로만 자라길 바랐던 그녀가 이제 구겨진 모습으로 앉아있을 것이다.

퇴근길의 교통 사정은 뻘밭이다. 차량들이 좁은 봇도랑 속의 미꾸라지들처럼 북적거린다. 빨리 나갈 수 없음에 가슴이 답답하고, 좀 더 머뭇거려 생각을 정리할 시간을 가지고 싶은 모순에 머리가 욱신거린다. 이미 아스라한 바다 저 너머 섬으로 굳어진 그녀인데, 돌연한 출현에 왜 허둥대는 것일까. 침몰해가는 목소리 때문인가. 오래 묵은 그리움의 찌꺼기가 한꺼번에 휘몰아 분출한다.

택시는 바퀴에 끈적끈적한 타르가 붙은 듯이 감질나게 전진한다. 운전기사는 연방 'ㅡ팔, 씨ㅡ'에다가 온갖 사건들을 적용시키며 중얼거린다. 그는 심기가 대단히 편치 못한 듯 계속 담배를 픽픽 빨았다. 노트 두께만큼 열어둔 차창 틈새로 밀려들어오는 찬바람에 담뱃재가 뒷자리로 날린다. 불평할 심경이 아니다. 할 일 없는 여편네들 빤쓰 하나 사러 자가용 몰고 시내에 나오는 통에 더욱 복잡하다는 둥, 무슨 놈의 행사는 그리 많고, 행사면 행사지 걸핏하면 도로통제, 통행중지 아니 저건 또 뭡니까? 숨 막히는 서울 바닥에 관광은 무슨 썩어 자빠질 관광입니까. 뻑뻑 빨아대는 담배를 든 채 때 낀 면장갑이 건너편 도로를 가리킨다. 백색 오토바이가 사이렌을 울리며 선도하고 뒤따라 관광버스 여러 대가 지나가고 있다. 누구를 위해 사이렌은 울리나. 차창 속에는 마냥 흐뭇한 이방인들이 무료한 표정들에게 손짓과 웃음을 보낸다. 요즘 언론에서 떠들고 있는 국제회의 참석자들인 모양이다. 아직은 질식 상태가 아닌 서울이 자랑스럽지 않소라고 눈빛 대꾸를 했다. 2~30분이면 도착할 수 있는 거리인데 한 시간이 지났는데도 도심 속에서 힘겨운 유영만 계속한다. 기사는 신경질과 묘기를 총동원해서 차선을 바꾸어가며 곡예를 했으나 가래만 끓는다. 하늘엔 가래덩이 같은 구름이 그득하다.

기다리고 있을까. 기다리다가 훌쩍 가버리지 않을까. 오랜 시간이 지난 지금도 나는 그녀를 기다리게 만드는 존재밖에 되질 못하는가. 나를 기다리게 만드는 유일한 사람, 내가 왜 이러는지 모르겠어. 그녀와 만날 때마다 나는 늘 늦게 나타났다. 부산하게 미리 준비해도 약속 시간을 어겼다. 준비래야 번듯이 누윘다가, 일어나 서성거리다가, 담배를 피우다가, 조금씩 불안해하는 것이 전부였다.

항상 편안하게 해주는 그녀의 품위가 나를 불안하게 했다. 경망스럽지 않음은 언제라도 훌쩍 날아가 버릴 것만 같은 초조였다. 부족하고 하찮은 존재라는 그녀의 겸손 앞에 나는 유아적인 치기와 오만으로 객기를 부렸다. 그것은 불안과 자학의 다른 표현에 불과했다. 그리고 우리의 만남은 공간적 배경이 늘 누추했다. 허름한 술집에서 술만 마셔댔다. 더러는 그녀에게 술을 마시게 하려고 억지를 부리다가 이내 시큰둥해져서 혼자 마셔댔다. 걱정스러운 표정으로, 편안한 미소로 마주앉은 그녀의 모습이 미웠다.

"좀 더 튼튼한 방황의 뿌리를 찾을 수 없을까. 마디가 뚜렷한 끈에 매달려야하지 않겠니? 안개 같은 불성실 속에서 헤매고 있는 게 불안하다."

"그걸 알면 벌써 득도했게."

"단정한 넥타이 차림의 네 모습은 상상하기 싫다. 허술하고 혼미하나 울컥울컥 솟는 분노 같은 게 우리를 묶고 있는 끈인지도 몰라. 그러나 어떠한 의식이든 다듬어서 형상을 만들어야 가치 있는 게 아닐까. 단순한 혼미는 그냥 바닥에 버무려놓은 진흙일 뿐. 당장 네가 혹은 우리가 어른 흉내를 내길 바라진 않는다. 서투른 흉내가 얼마나 우스꽝스럽겠니. 그러나 스물 셋은 스물 셋 만큼의 흔적은 빚어야 된다고 믿는다."

나는 그녀의 말을 되받아 칠만큼 머릿속이 정연하지 못했다. 그녀 앞에서 내가 할 수 있는 일은 줄담배를 피우는 일과 술잔을 연거푸 비우는 것뿐이다.

"랭보는 열아홉에 대시인이 되었고 성철 스님은 우리 나이 때 '만고의 진리를 향해 모든 것 다 버리고 초연히 홀로 걸어가노라'라는 말을 남기고 가야산으로 들어갔다. 네가 랭보이길, 성철이길 바라지 않는다. 너는 그냥 너이길 바랄 뿐이다. 단지 스물 셋에 어울리는 조그만 성을 구축하길 바라는 작은 소망이 있을 뿐이다. 병원 풍경 얘기 좀 해줄까?"

"시끄럽다. 남의 얘기 들을 만큼 내 골 속이 한가롭지 않다. 무엇보다 젠체하는 너의 태도, 그 말투가 짜증나!"

"조금만 인내심을 가지고 들어봐."

술을 새로 시켰다. 그녀의 잔은 그대로다.

"졸업하고 병원 생활한 지 겨우 3개월이지만 학교생활, 실습까지 따지면 병원 풍경에 대해서 조금 얘기할 수 있을 것 같다. 지금 근무하는 데는 수술실이다. 하루에 몇 번 큰 수술이 있다. 전신 맡기고 누워있는 환자에게 주저 없이 칼질을 한다. 보조하는 일이지만 긴장되기는 닥터나 마찬가지야. 최선을 다했으나 회복되지 못하고 죽어나가는 환자도 여럿 봤다.

갑옷과 투구를 쓴 것 같은 수술복 차림의 내 모습을 상상할 수 있겠니? 밤 근무 때 응급실 수술은 감회가 더욱 이상하다. 출동 대기 중인 병사 같다. 무장한 채로 대기한다. 환자가 황급히 실려 오면 응급실은 갑자기 파시처럼 바삐 움직인다. 용수철 튀기듯이 재빨리 제자리를 잡아야 한다. 당황은 용납될 수 없어. 내가 하고 싶은 말은 냉정함, 객관성, 프로 정신, 그런 것 따위인데…

교통사고로 사지가 처참하게 망가진 환자를 처음 보았을 때 나는 그 형체를 제대로 바라볼 수 없었다. 가슴이 벌렁거리고 살이 떨렸다. 두 손으로 눈을 가리고 오열을 터뜨리고 싶었다. 주저 없이 쓱쓱 가르고 썩둑썩둑 잘라대는 닥터들의 손놀림에 분노를 느끼며 경악했다. 환자의 고통은 아랑곳하지 않고 난폭하게 짓누르는 행위가 너무나 야만스러웠다. 피, 피, 피의 축제. 이 일이 내게 적합치 않다는 회의도 많았다.

네게 하고픈 말이 무엇인지 알아줬으면 좋겠다. 하찮은 수술실의 풍경, 야만스럽다고 느낀 행위 따위를 소개하고 싶은 게 아니잖겠니."

설교에 감동할 내가 아니다. 인내심을 갖고 들으라는 그녀의 부탁에 동의한 것도 아니다. 나는 술잔을 비워대며 달리 할 일이 없었다. 그녀도 자기 얘기를 경청하고 있다고 믿진 않을 것이다.

함부로 흘리는 피가 싫어서… 함부로 흘리는 피가 싫어서…

이다지 찌든 생활을 하고 있는 건가… 피 얘기를 듣고 나는 김수영을 중얼거렸다.

서로 사귄 사람에게는/ 사랑과 그리움이 생긴다/ 사랑과 그리움에는 괴로움이 따르는 법/ 연정에서 근심 걱정이 생기는 줄 알고/ 무소의 뿔처럼 혼자서 가라… 무소의 뿔처럼 혼자서 가라… 나는 낯익은 경전의 후렴구를 들릴 듯 말 듯, 주문처럼 읊조렸다.

격랑을 헤치고 힘들게 항해하는 조각배처럼, 한 시간이나 걸려서 택시는 체증의 수렁을 빠져나와 목적지에 닿았다. 난잡하게 널려있는 상호들의 틈바구니에서 '아름나라'의 조그만 간판이 간신히 보인다. 횡단보도를 건너기 위해 백색선이 그어진 신호등 앞에 섰다. 거부하는 몸짓으로 빨간 불이 버티고 있다. 나룻배를 기다리는 선착장의 무리들처럼 사람들이 길 양쪽에 우르르 몰려 서 있다. 빨간 신호의 강렬한 거부 자세가 한참 동안 계속됐다. 온갖 생각들이 난마亂麻처럼 얽혀 있다. 어지러운 눈빛으로 신호등을 주시했다. 빨간 불이 부릅뜬 눈이 되어 성큼성큼 다가온다. 그것은 이내 준엄하게 꾸짖는 목소리가 된다.

'너 지금 여기서 뭐 해?

어딜 가려느냐?

지금 그녀를 만나서 어쩌겠다는 것이냐?

못난 놈, 비겁한 놈!

꽁무니 보이지 않게 냉큼 사라져!

어서 꺼져! 돌아서! 너의 얄팍한 감상주의를 거창한 휴머니즘으로 위장하려는 거지?

네 가슴 속에 남아있는 찌꺼기가 여태 봄풀처럼 파릇한 것이라고 기만하지 마!

떠나야할 때 떠날 줄 아는 사람의 뒷모습이 얼마나 아름다운가.

떨치지 못하는 너의 미련이 누추한 것이라고 생각해보지 않았어?'

꾸짖는 목소리가 포효에 가깝다. 전화선을 통해 들려오던 그녀의 사위어가는 목소리는 함성 속에 묻혀 지워져버릴 지경이다. 얼마나 시간이 지났는지 그새 파란불이 성급하게 점멸한다. 마지막 도하를 시도하는 무리들이 코트자락을 너풀거리며 뛴다. 주위는 조금씩 어두워져간다. '아름나라'의 조그만 아크릴 간판에도 불이 들어왔다. 나는 그것을 하염없이 바라보기만 할 뿐 횡단보도를 건너지 못하고 있다. 강 건너 불인가, 먼 나라 별빛인가, 앙증스럽게 빛나고 있는 저 '아름나라'는.

실내는 부시지 않을 정도로 적당히 밝았다. 그러나 딴 사람이 살고 있는 시골 옛집에 들어서는 심경이다. 입구에서 잠시 두리번거리다가 고개를 떨구고 창가에 앉은 그녀를 발견했다.

우리가 즐겨 앉았던 자리였다. 부서지고 구겨진 모습일 것이라고 짐작했는데 오히려 그녀는 단정한 차림이다. 포근하게 보이는 분홍빛 투피스 차림이다. 옆자리 빈 의자에 검은 색의 두툼한 코트가 구겨져 있다. 어렵고 힘든 상황일수록 대수롭지 않다는 듯이 너스레를 떨어야한다. 각오를 다졌으나 무슨 말을 꺼내야할 지 수학문제를 움켜잡은 고등학생마냥 진땀이 난다. 이런 때 음악이라도 실내를 혼란스럽게 휘저어 줬으면 좋으련만 낮고 잔잔한 음률이 의자 사이를 매끄럽게 만지작거리며 드나들고 있다.

의자에 엉덩이를 엉거주춤하게 걸쳤다. 그녀는 나의 도착을 알아보고 고개를 잠깐 들어 확인하더니 그대로 머리를 숙인다. 머리칼이 얼굴 전체에 흘러내려 표정을 읽을 수 없다. 시커먼 머리카락 덩어리뿐이다.

"오랫ー만ー이ー어."

한참 뒤척인 끝에 그녀를 향해 건넨 말이다. 세월이 난처한 표현으로 얼버무리는 지혜를 터득케 했다. '오랫만이야'라고 외치며 덥석 손을 잡지 못했다. '무척 오랜만입니다'라고 반지르르한 인사말을 건네지도 못했다. 불분명함과 우유부단은 아직도 내 몸에 덕지덕지 붙어 기생하는 세균들이다. 그녀의 대꾸나 적극성을 기대하기는 어렵다는 판단이 섰다. 그래서 다음 말을 이어나가야 한다는 강한 압박을 느끼며 가슴이 답답해지기 시작했다. 계절을 무시한 하늘이 북북 찢어질 낌새다.

2. 필사의 아웃사이더

비포장도로를 질주하는 군용트럭이 뿌연 먼지를 발사해댄다. 방한모를 깊게 눌러 쓴 수용소의 죄수 같은, 남루한 병사들이 가끔 눈에 띈다. 드문드문 보이는 납작하게 달라붙은 민가에서 저녁연기가 찬바람에 날리고 있다. 시야에 들어오는 주위의 높고 낮은 산중턱과 꼭대기에는 아군 OP가 딱정벌레처럼 엉겨붙어 있다. 가끔 먼 곳에서 울리는 포성이 범종소리처럼 은은하게 들려온다. 을씨년스럽다는 생각만 머리에 가득하다. 이 상황을 절박한 것으로 비하시켜서 그녀에게 보여주고 싶은 엉뚱한 생각도 든다. 유형지의 풍경으로 비춰지길 은근히 바랐다. 부르튼 손등을 훈장인양 드러내고 싶기도 하다. 전신 흙투성이로 범벅된 모습이 스스로 대견스러운 듯 으스대는 유아기적 매저키즘이다.

"여기가 어딘 줄 알고 찾아온 거야?"

전쟁의 공포를 주지시키려는 거대한 목소리들의 편에 나는 서 있었다. 아니 그 야만적 목소리들의 편에 서있는 모습을 그녀에게 보여주고 싶었다. 여기는 금방 포탄이 떨어져 풍비박산될 수 있는 고약한 현장이라는 것을 인식시키고 싶었다. 아니

내가 바로 그 현장의 가운데 서있노라고 과장하고 싶었다.

"오전 내내 기다렸다. 창고 같은 면회실 딱딱한 나무의자에 네 시간 동안 앉아 있었다. 면회신청을 하면 금방 달려 나와 만날 수 있는 곳인 줄 알았다. 영화 속의 장면 같은 곳인 줄. 어색한대로 제복이 어울리는구나. 제복이란 참 묘한 것이네. 자신을 감출 수도 있고."

어울린다는 말에 나는 쓴웃음을 지으며 야전잠바에 붙은 붉은 색의 계급장을 내려 보았다. 투박한 두 개의 막대기가 평행을 이루며 매달려 있다. 춥고 숨이 갑갑할 정도로 폐색증을 느꼈으나 견뎌보겠다는 의지로 이를 깨무는 나날들이다. 사고가 한정된 공간이기에 그녀에 대한 그리움이 넘칠 정도로 가슴 가운데서 출렁거렸다. 폐쇄회로 가운데 유일하게 교신 가능한 곳이 그녀다. 빈정거리며 훌쩍 떠나와서는 이곳의 모범시민이 되어 땀 흘리는 것이 또 다른 삶의 개척일 거라고 믿었다. 도피행위이기도 했지만 도전이라는 생각도 들었다. 아무렇게나 자신을 구겨버리는 건 더없이 편한 일이다. 간편한 운동복 차림으로 땀을 흘리다가 길바닥 나무 그늘 아래 아무렇게나 퍼지르고 누워버릴 때의 편안함 같은 것이다. 제복 속에 자신을 은폐시킬 수 있는 곳이다. 규격화된 덩어리를 채우고 있는 1이라는 숫자에 불과하다는 참담함이 가끔은 괴롭혔으나 시간은 좋은 스승이었다. 되도록 오래 볼 수 있는 책 몇 권을 가지고 입대했으나 책이라는 것이, 문학이라는 것이 너무나 우스꽝스러운 짓거리란 걸 깨닫는 데는 많은 시간이 필요 없었다. 입대한 지 7일 만에 훈련소 쓰레기장에 책을 버렸다. 구원과 위안을 준다는 행위와는 짜라투스트라, 음향과 분노, 누구를 위하여 좋은 울리나 따위는 거리가 멀었다. 기간병의 눈을 피해 이 구석 저 구석 쑤셔 박으며 간수하려는 노력이 비참, 처참했다. 침을 퉤 뱉어 쓰레기장에 던져버리니 홀가분하고 후련했다. 집착을 떨쳐버리는 것이 해탈이라는 불가의 말씀을 짜릿하게 깨달을 수 있었다.

학벌을 묻는 어린 소대장의 물음에 국졸이라고 대꾸했다. 사회에서 무얼 했느냐고 재차 물을 땐 그의 진지함이 가증스러웠다. 이것저것 돈벌이 될 만한 것들이면 조금씩 건드려 보았노라고 대답하니, 고생은 크게 하지 않은 것 같다며 손이 곱다고 했다. '곱다'는 그의 표현과 어휘가 주는 이질감에 크륵 웃음이 터져 나오려는 것을 꿀꺽 삼키며 지독하게 게을러서 그렇다고 대꾸했다.

그곳에서 나를 지탱시켜줄 수 있는 방법이 그런 식으로 은폐하고 기만하는 것이라고 믿었다. 그러한 유희에 다소의 위안을 건져서 으깨먹는 놀이가 유일한 보람이었다.

인간에게는 오직 식욕과 수면욕만이 존재하는 듯 먹이와 잠에 대한 애착만이 창궐했고 더러는 성욕 또한 큰 몫을 차지하는 무대였다. 나 자신도 서서히 그들의 속성에 녹아들고 있었다. 배식구에 머리를 들이 밀고 기피자 출신이라는 마흔 살의 취사병에게 허연 이를 드러내고 웃기도 했다. 한 조각 고기 건더기를 얻기 위한 노력이었다.

초소를 빠져나와 그녀와 함께 들어간 곳은 남루한 붉은 깃발이 입구에 너덜거리는 중국집 '만리장성'이었다. 나는 자장면을 시켰다. 면회 온 무리들은 오직 풍성하게 먹이기 위해, 외출한 병사는 오직 게걸스럽게 먹어야 한다는 것이 이곳의 윤리다. 중국집 주인 사내는 자장면이 어떻고라고 중얼거리며 주방으로 들어갔다.

"근사한 걸 시키지 그래."

"근사한 게 뭔데? 죽음에 가까운 거?"

"탕수육 시켜."

"됐어."

그녀도 무엇이든 실하게 먹여야 한다는 이곳의 풍속도를 읽은 듯 했다. 초소에서 이곳까지 2킬로미터는 족히 된다. 처음 신은 군화에 발이 불편했지만 점잖게 걸었다. 걸으면서 내가 한 일이란 8개월 전 트럭에 실려 북상할 때의 정경을 추억하는 일과 연거푸 화랑담배를 피워대는 것뿐이다. 1미터 정도 거리를 두고 그녀는 머리를 숙이고 뒤따르고 나는 게으른 첨병처럼 뒤뚱거리며 앞서 걸으며 이 마을에 들어섰다.

입대 동기 녀석이 챙겨준 화랑담배 두 갑을 단번에 다 피워버린 탓에 입안은 깔깔하다 못해 쓰리다. 맹목적인 자학처럼 연거푸 담배만 피워대는 꼴이 우습다. 자장면 몇 가락을 겨우 씹고는 젓가락을 놓아버렸다. 단무지를 안주 삼아 소주 한 병을 마셨다. 액체는 액체라는 속성으로 쉽게 목구멍에 넘어갔다. 그녀도 함께 주문한 자장면을 반 정도 비우고는 그릇을 밀었다. 그릇에 남은 번질번질한 검은 빛의 잔유물이 퇴락한 심사처럼 엉겨 붙어 있다. 취기가 오르니 나는 그녀 앞에서 늘 그랬던 것처럼 너스레를 떨었다. 그녀는 안쓰럽다는 표정을 감추며 미소를 보인다. 맑고 깨끗함 가운데 번지는 편안함, 이것이 그녀에게 매달리고 있는, 그녀를 훌쩍 떠밀어버리지 못하는 질긴 끈이다. 난처한 표정을 숨기려는 그녀의 노력이 가증스럽기도 했으나 그것을 예리한 송곳으로 찌르며 들쑤시기는 차마 싫다. 그렇게 해버린다면 나는 기댈 마지막 언덕을 부셔버리는 참담함에 빠질 것이라고, 가련한 계산이 할딱거리고 있다.

"오는 도중에 검문소가 참 많더구나. 군데군데 바위덩이를 쌓아 놓은 곳, 철조망 타래가 철침 세운 늙은 용처럼 구불구불하게 누워있는 정경이 생경했다. 그런 것들을 보면서 살벌함보다는 참 난해한 사랑이라는 말을 여러 번 곱씹었다. 난해한 사랑… 그래, 지낼 만하니?"

너절하게 떠벌리는 내 얘기를 가라앉히려고 그녀는 애쓴다. 나는 이곳의 정경을 대남방송 확성기처럼 과대선전하면서 끄떡없이 버티고 있노라고 거드름을 떨었다.

"만족한다. 본능에만 충실할 때가 가장 아름답다. 불필요한 관념과 사변에 이끌려 다닌다는 것이 얼마나 구차하냐. 허무맹랑한 관념의 유희가 인간을 구원해 줄 수 있것냐. 유치한 장난에 묶여서 헤어나질 못하고 히히덕거리며 그걸 즐기는 무리들이 우습다. 한 땐 나도 그 족속이었지만. 하루 세 끼 명백한 끼니와 여덟 시간 수면이 완벽하게 보장되어 있다. 정확한 조직의 구성원으로, 담장을 이루고 있는 한 개 벽돌로 존재한다.

숫자를 확인하는 놀이가 이곳의 가장 큰 일거리다. 전체를 구성하는 개체의 개별성을 존중해서 그러는 게 아닐 테지만 1이라는 숫자의 존엄성이 이보다 더 강조될 수는 없다. 양은 아흔아홉 마리가 아니라 한 마리라고 했던 성자의 목소리를 실감한다. 몸 하나 가누지 못해 비틀거리며 배회하던 시절에 비한다면 황송할 따름이다. 아무런 알도 낳지 못하면서 낑낑거린 지난날은 기억의 페이지에서 찢어버렸다. 그리고 외부와의 교신도 끊기로 했다. 너와의 교신마저 끊으려 하는데 당장은 힘드네. 주접스럽게 너에게 신호를 보내는 것을 보면 아직 껍질이 덜 여물었나보다. 구차한 신호가 빌미가 되어 황무지까지 방문을 하고. 허겁지겁 떨치고 도망쳐왔는데 겨우 여기까지 왔네."

"꼭두새벽부터 허우적거리며 달려왔는데 환영사가 거창하구나."

"난해한 사랑이라고? 꽤 유식한데. 내 비굴함을 들추는 것 같아 섬짓하다. 도망가고 쫓고, 그러다가 뒤돌아보며 손짓하고, 그 자리에서 멈칫거리고 돌아섰다가 또 뛰고, 쳇!"

"아예 곡해하려 드는구나. 잔잔한 그리움의 시간이 되길 바랐는데. 포기해야겠다. 알 수 없는 자성磁性에 이끌려 비틀리려는 너를 꾸짖어주고 싶다. 그냥 지금 보이는 모습 그대로 바라보는데 만족하자꾸나. 너는 서투른 대로 제복이 어울리는 무소속 창기병이고 나는 속없이 너를 찾아온 테스의 후예일 테니까."

말라붙은 자장면 그릇을 앞에 놓고 더 이상 앉아있기가 민망해서 중국집에서 나왔다. 바깥은 서부 개척지의 간이마을 같은 풍경이다. 언제라도 떠날 채비가 되어있는 가설무대처럼 을씨년스러움이 자욱하다. 황당한 무용담이라도 지껄여야만 설원을 달려온 여자에 대한 도리이리라. 근처에 보이는 다방에 들어가자는 제의에 그녀가 동의했다. 토요일의 기지촌 다방은 하층민의 잔칫집 같다. 외출한 병사들로 실내는 좁은 웅덩이에서 북적대는 송사리떼 꼴이다. 절해고도 유적지까지 허위허위 달려온 그녀에게 감사의 표시는 고사하고 따스한 눈길로 쓰다듬는 아량조차 내겐 없다. 웅크리고 경계하고 한없이 작아지기만 하는 가슴에는 그녀를 와락 껴안고 오래오래 포옹하고픈 용기가 들어설 여백이 없다. 표적 모를 울화와 투정만이 비누거품처럼 우글거린다.

"어두워졌다. 어떡할래? 돌아가야지."

"그래. 돌아가야지."

이미 이곳을 떠나는 막차는 없다. 뻔히 알면서도 나는 돌아가야지라고, 그녀는 그러겠노라고 공허한 선문답을 나누었다. 이곳의 관습으로 친다면 함께 밤을 지새는 일 따위는 관심거리가 아니다. 비 오는 날 개구리 울음소리만큼 자잘한 것이다.

우리는 함께 밤을 새워 본 적이 없다. 밤늦도록 말의 뜨개질에 열중하긴 했으나 항상 헤어질 줄 아는 아량과 지혜를 똑같은 분량으로 지니고 있었다. 곤두선 칼날 같은 외줄 위에서 서로 다치지 않도록 위태롭게 감싸며 한 걸음, 한 걸음 내딛는 마주 잡은 손이었다. 오래 그리워할 수 있는 여백과 순간적인 충동이 주는 허탈감의 무게를 가늠할 수 있는 지혜를 함께 묶어서 챙길 만큼 우리는 아슬아슬하게 현명했다.

그러나, 지금 나는 절해고도에 내팽개쳐진 난파선의 표류자다. 맑은 사려로 숲을 헤쳐 나가기에는 이곳의 관습이 너무 음습하다. 앞 뒤 생각 없이 아무렇게나 구겨버리는 용감한 자에게 수여할 훈장이 마련되어 있을 뿐이다. 사고를 가지런히 챙기기에는 꾸역꾸역 쌓인 울분이 너무 혼란스럽다. 시간은 잠시도 머뭇거리지 않고 밤의 심연 속으로 빠져들고 기지촌은 탐욕과 포기를 향해 곤두박질치고 있다. 멀리서 들리는 포성과 야간훈련 중인 병사들의 함성이 뱃고동처럼 아득하다.

'기어이, 밤이 오고야 말았습니다.' 고등학교 시절 읽었던 교과서에 실린 번역소설의 구절이 뇌리에 맴돈다. '이 밤은 두 주인공 모두에게 고통스런 밤입니다. 아가씨에게는 불안하고 초조한 밤이며 목동에게도 긴장되고 조심스런 밤입니다. 이들 사이에 세속적이고 천박한 탐욕 따위는 없습니다. 그래서 기어이, 기어이라고, 바라지 않았으나 어쩔 수 없이 성큼성큼 다가온 밤이었던 것입니다.' 그 대목을 해설하던 국어 선생의 음성이, 작품 속의 주인공보다 더 흥분하며, 주먹을 불끈불끈 쥐던 젊은 선생의 형형한 눈빛이 싸늘한 밤공기를 흔들며 머릿속에서 콩 튀듯 트닥거린다.

백열등 불빛이 힘없이 뚝뚝 떨어지는 어색한 동막 여인숙, 방안에 우리는 던져졌다. 사방을 둘러봐도 맘에 들지 않는 풍경이다. 겁먹은 여자가 구석에 쪼그리고 있고 그 곁에 입안 그득히 군침을 담은 탐욕스런 이리가 맴도는 장면과 다르지 않다. 그렇게까지 자신을 비하시킬 의사는 없는데 말이다. 광기로 포장한 용맹만이 가치 있는 것이라고 연일 강요당했기 때문일까.

"유형지의 밤이 이런 것일까?"

그녀는 요를 뒤집어 깔고는 그 위에 앉았다.

"역사적인 밤이군. 동침을 하게 되었으니."

"이런 경우도 동침이란 말을 쓸 수 있을까. 허허벌판까지 쫓겨 간 난민들이 잠시 이슬을 피해 함께 지붕 아래 웅크리고 있을 따름인데."

"구름 잡는 얘기로 호도하려 들지 마. 나는 찌질이 목동이 아니야. 욕망에 굶주린 막되 먹은 쫄병이야. 사납게 달려들어 너를 콱 잡아먹어 버릴지도 몰라."

그녀는 빙그레 웃는다.

"너에게는 그런 변신이 필요한지도 몰라. 저질러버리면 또 다른 세계가 전개되는 수가 있지. 비워버리면 또다시 채워지듯이. 안으로만 웅크려 껍질만 단단히 싸잡아 매려는 행위에 비한다면 과감하게 부서버리는 것이 용기일지도 몰라."

"유혹하는 거야?"

그녀는 낮은 소리로 킥킥거린다.

"이런 게 유혹인가. 늠름히 버티고 설 줄 아는 의연함을 보고 싶은 거지."

나는 그녀 앞에서 점점 작아지고 초라해져간다. 작대기 두 개의 계급장, 그것보다 보잘 것 없다. 취기와 더불어 눈이 충혈되고 있음을 느꼈으나 지독한 공복감을 메워 줄 무엇이 남루한

200

방안 어디에도 없다. 그녀는 범접키 어려운 스테파네트처럼 약간의 거리를 두고 조용히 마주앉아 있을 뿐.

허공을 향해 절규한댔자 거미줄 하나 만져질 것 같지 않은 쓸쓸함과 지루한 말장난에 우리는 지쳐갔다. 행동이란 무엇인가. 단지 익숙하지 못하다는 이유로 선망되어야 할 양식인가. 위태로운 칼날 위에 놓인 불안을 위해 행동이 존중되어야 하는 것은 아니다. 그러나 지금 그 행동의 가면을 벗기지 못해 난처한 소모를 하고 있다.

옆방에서 소리가 들린다. 허술하게 칸막이 친 경계가 시각은 가려 주었으나 귀와 심장은 덮지 못했다. 먼지 나는 길을 생머리칼 날리며 달려온 엉덩이 팡팡한 여자와 거멓게 탄 근육질의 병사가 벌이는 황홀한 향연인 듯 화음이 요란하다. 공포와 절규와 허무와 절망, 증오와 안달이 뒤섞이고 어우러져 격랑을 이룬 듯 소용돌이친다. 더 이상 원할 게 없다는 여자의 절규가 벽을 뚫고 생생하게 전해진다.

그러나 우리는 태연자약했다. 이기고 돌아온 병사들처럼 그들의 향연이 절정에 올랐다가 침몰하는 함선이 드디어 뱃머리를 물속으로 완전히 감출 때까지. 주위는 오직 적막뿐이라는 가면을 견고하게 쓰고 있다. 들려오는 소리를 인식하고 있다는 표정을 감추려 등골에 땀이 흐른다. 표정을 들키지 않으려는 안타까운 싸움에 몰두하느라 서로 말이 없다. 너무 뻔한 장면을 숨기는데 힘을 빼앗기고 있다는 생각에 화가 치민다. 노예마차라는, 병영집단에 대한 분노가 갑자기 표적이 바뀐다. 털썩 주저앉듯 그녀에게 달려들었다. 난폭하게 껴안았다.

설해에 쓰러지는 나뭇가지처럼, 예고 없는 방화처럼 난폭했다. 보잘 것 없는 제복의 힘을 빌려 그녀를 쓰러뜨렸다. 그녀는 웅크린 팔꿈치로 밀치며 이러지마, 이게 아니야라고 절규하며 고통스러워한다. 온몸을 떨면서 나를 밀쳤다. 나는 거친 숨을 몰아 부치며 장한 용사가 되어가고 있었다. 그러자 그녀는 소리를 낮추어 울고 말았다. 깊은 곳에서 우러나는 아픈 울음이다. 더 이상 무모한 행위가 구원이 될 수 없다는 자각과 부끄러움이 찬물을 뒤집어쓴 듯 전신을 휘감는다. 나는 만취를 가장해가며 이불을 둘둘 감고 구석으로 나뒹굴어졌다. 잠깐 동안 혼란은 가슴 가운데 큰 구멍을 뚫으며 석회석 같은 허탈만 그윽하게 고이게 했다. 그리고 나는 쓰린 속과 심한 갈증으로 냉수를 찾으며 폐허더미 속에서 시린 겨울 아침을 맞았다. 검은 외투를 입은 채 쪼그리고 앉아 밤을 새운 그녀가 석불처럼 굳어있는 모습을 보는 순간, 참담했다.

어두운 밤길을 허위허위 달려서 그녀와 내가 치른 행사는 매듭도, 위안도 제공하지 않았다. 서로를 가볍게 여기지 않아야 된다는 덕목을 파괴했다는 열패감만 안겨 주었을 뿐. 그 책임은 오로지 척박한 유형지의 영주들에게 있다고 떠들 것이다. 자유와 평화의 이름으로. 억압과 폐쇄의 이름으로.

"오랜 다짐과 용기 끝에 이곳까지 왔다. 너의 몸과 마음의 건강을 늘 염려하는 기도가 되고 싶다. 약간의 우울을 안고 가지만 너를 향한 마음에는 흔들림이 없을 것이다. 단지 확인할 수 있었던 것은 우린 아직 멀리 두고 그리워해야 한다는 것, 아직은 멀리서 바라보는 산이어야 한다는 것, 덥석 다가가 잡초더미 헤치고 돌부리 치워줄 나무가 될 수 없다는 것이다. 부지런히 자신의 주변을 가꾸어 튼튼히 설 수 있을 때 비로소 교목이 되어 머리 들어 하늘을 바라볼 수 있겠지."

붉은 줄이 어울리지 않게 죽죽 그어진 시외버스가 먼지를 일으키며 멀어져 간다. 그녀가 남긴 말을 띄엄띄엄 씹으며 오래도록 그 자리에 서 있었다.

"야! 임마! 뭘 그렇게 닭 쫓던 개 지붕 쳐다보듯 멍하게 섰어? 찢어지게 재미 좋았냐? 짜식, 허겁지겁 덤벼들어 거총도 하기 전에 사격 끝 해버렸지? 첫 외출이지? 나랑 대포 한 사발 하자."

영외 거주하는 수송부 선임하사의 고함소리를 듣고서야 선잠깬 듯 후다닥 정신을 차렸다. 반사적으로 거수경례를 했다. 귓볼을 때리는 매서운 바람과 함께 여기가 어디라는 자각이 소스라치게 일며 다시 현실 앞에 섰다.

　　한마디 말로 신호를 보낼 수 없어
　　내내 침묵하고 싶었노라
　　여러 개의 삼백 예순 날들이 바뀌고 흘렀어도
　　거북한 잡초더미 거미줄 속에서
　　살려고 아우성친 것 외는
　　마음 달라짐 없어라
　　내 생명의 줄기 그대의 필봉(筆鋒)에
　　잇닿아 있고, 생명의 뿌리
　　그대의 필흔(筆痕)에 잇닿으면
　　마름 없는 근원되리라
　　가이 없는 기쁨되리라
　　우리의 전설 앞에 우뚝 선
　　암울한 바윌랑
　　깊은 바다로 밀어 넣으리라
　　후일
　　우리의 전설이 신화가 되어
　　기록이 없어 헛것이라 누가 말하랴
　　전설보다
　　신화는 가슴 벅찬 빗줄기 몰고 오는
　　희망이라면.

　　나의 고통이 바벨탑을 쌓음이라 해도

헛일이 아니었고
헛일이 아닐 것이라고 말하여 주리라
나의 탑이
보이지 않는 그림자에 있다 해도
밑뿌리는 그대의 줄기에 잇닿아있다 하여라
영원한 신화 속에.

불가(佛家)의 사람이 말하길
'육신은 빌려온 것이어서 나기도 하고 죽기도 하나
참마음은 허공과 같아 끊어지지도 변하지도 않는다'
(不離身中 色身是假 有生有滅 眞心如空 不離不變)
하였으니...

어울리지 않는 무대의
소임이 끝나는 날,
늘 술맛 떨어지게 하던 아이는
진짜 맛 좋은 한 잔의 술을
그대의 잔에 부어 드리고자
준비하며 기다리노라.

　　사랑은 동정이 아니라는 낡은 구절에 우울해하며 어울리지
않는 무대에서 간신히 퇴장했다. 그녀가 보낸 몇 통의 편지 가
운데 하나를 꺼내 읽으며 도처에 철조망으로 얼룩진 땅을 도망
치듯 빠져 나왔다.

펜은 칼보다 강하다는 어느 주정뱅이의 무책임한 말을 굳게 믿었던 신앙이 이발사의 손재주보다 무가치하다는 자각이 그 무대가 정산해준 영수증이었다. 틈틈이 수첩조각에 끼적거리는 게 나를 지켜줄 수 있는 바람막이라고 애써 자위했으나 불온문서로 둔갑하여 호된 기합만 안겨 주었다. 노예마차, 노예제, 광신자, 필사의 아웃사이더, 숙명의 레지스땅스, 별주부전, 무신론, 난처한 구렁으로 내동댕이쳐지게 했던 몇몇 불온물 조각의 제목들이었다.

3. 병속의 시간

패배감만 가득 안고 다시 들어선 옛 거리에는 무료한 시간만 산더미처럼 놓여 있었다. 옛 얼굴들은 약간씩 얼굴에 윤기를 바르고 스쳐 지나갔다. 그녀가 근무하는 병원 근처를 지날 때마다 불나방처럼 무모하게 돌진하고픈 충동이 일었으나 결국은 감전을 피하듯 빠른 걸음으로 그곳을 벗어나곤 했다. 드나드는 얼굴들을 유심히 바라보기도 했으나 이제는 뿌리쳐야 할 시간이라는 강박감이 등을 떠밀었다. 그러나 전신주 뒤에 숨어서 몇 시간 씩 정문 쪽을 바라보는 못난 작태를 꾸미기도 했다. 그럴수록 자신이 미웠다. 용기의 문제인가, 신념의 문제인가, 왜 이리고만 있는가. 에테르에 취한 늙은 취객의 혼수와 같은 미망.

그 속에서 겨우 감지되는 미세한 파장. 이제는 그녀의 그늘에서 벗어나야만 한다는 실낱같은 자각이 그녀를 피하게 만드는 힘이었다. 그녀에게서 멀어져야만 스스로 설 수 있고 스스로의 성을 쌓을 수 있다는 것이 희뿌연 안개 너머 표적이었다.

아무 것도 할 게 없다는 것이 무한 자유는 아니었다. 눈만 뜨면 산적해 있는 시간들과 싸워야하는 괴로움의 더미일 뿐이다. 구도求道하는 이들처럼 화두話頭라는 것을 흉내 내 보기도 했으나 어림없는 일이었다. 만신창이 되도록 폭음 속에 빠져드는 것이 마지막 능력이었다. 자해의 유혹이 간혹 손길을 뻗지만 흉측한 팔뚝을 번득이는 이웃들을 부러워하는데 그칠 뿐. 그러면서 간간이 '그늘'이란 말을 곱씹었다. 항상 교목 같은 모습으로 시원한 그늘을 만들고 있는 그녀라는 존재. 여름철 보채는 아이처럼 그 그늘 아래에서 하염없이 칭얼거리고만 있는 나라는 존재. 모두가 역겨운 궁상들이다. 한없이 감싸고 포근히 다독거리는 행위에 그녀는 스스로 도취되어 자기만족을 얻는 것이라는 비정한 결론과 함께 그녀로부터 탈출하는데 열중하기로 했다.

부스럭 부스럭, 늙은 암소가 벽을 긁어댄다. 온종일 벼 베기를 한 탓에 피곤이 소나기처럼 전신을 흥건히 적신다. 종일 볏단을 나른 암소도 쉬 잠이 오질 않는 지 이마로 벽을 문질러대며 크륵크륵 콧소리를 질러댄다. 외양간과 붙은 아래채 허름한 창고 같은 방에 벌렁 누워 뚫어진 창호지 틈새로 하늘의 별을 바라본다. 윗목 구석에는 쌓아둔 나락가마니와 묵은 호박들이 널브러져 있고 근 한 달 째 정리를 하지 않은 몇 권의 책과 노트 조각들이 어지럽게 너풀거린다. 무슨 일이든 열심히 하겠습니다. 이 방은 청소고 뭐고 필요 없으니 상관하지 마시라는 간곡한 청을 주인댁 사람들은 엄격하게 지켜주었다. 저녁 시간만큼은 완벽한 자유가 보장되는 이 공간이 썩 맘에 들었다.

전지 크기의 모조지에 그리스 신화의 족보를 그려 벽에 붙였다. 명백한 계통에 익숙한 우리식 사고로 신화 속 인물들의 족보를 정리하는 게 쉽지 않았다. 단군 할아버지로부터 일사불란하게 종적으로 계승 확대되는 잣대를 가지고 그들의 난삽한 혈통을 이해하기가 힘들다. 마구잡이로 합종연횡하며 천방지축인 그들의 사랑방식에 어리둥절해했다. 일주일 걸려서 그런대로 모양을 갖춘 족보를 완성해서 붙였다. 모든 것을 현실과 결부시키려는 타성도 건너기 힘든 벽이다. 꿈과 이상을 얘기하고 환상적인 분위기가 어쩌구라며 곧잘 떠들어대면서도 신화를 신화로 바라보지 못하는 옹졸함이 끈질기게 괴롭힌다.

주인댁 식구들은 일찍 불을 끄고 모두 잠들어 버린 듯하다. 농촌의 저녁 일곱 시는 한밤중이다. 식구래야 칠순을 넘긴 할아버지과 중년의 주인 내외, 그들의 막내딸, 중학교 2학년짜리 계집아이가 전부다. 위로 아들 둘, 큰딸은 모두 서울로, 서울로 진군해버렸다. 올해 농사도 뼈 빠지게 지어서 태반은 그네들 학비로 보내야 한다고 한숨을 지었다. 위채 건넌방에서 밭은 기침소리가 간간이 들리는 걸로 봐서 할아버지는 아직 잠들지 않은 모양이다.

"젊으이, 자네는 한 고랑을 베어가고 나는 세 고랑을 벨 테니까 한 번 붙어보세."

흙속에 평생을 발 파묻고 사는 노인인지라 도회의 인간들처럼 배가 불거져 나올 틈도 없었던 듯. 홀쭉한 허리, 새카만 피부에 굵은 손마디, 검버섯 핀 손등에 흉측하리만치 굵은 핏줄이 불거진 앙상한 노인이다. 여남은 포기 겨우 베고 구부린 허리를 펴니 영감님은 벌써 저만치 앞서 간다. 낫이 보이지 않을 정도로 손놀림이 잽싸다.

"어이! 뭘 하는 거여? 빨리 따라와."

혈기왕성한 젊은 놈이라고 뽐내고 싶던 치졸한 구석은, 묵묵히 살며 다져진 연륜 앞에 보기 좋게 나가떨어진다. 새참 때 들이킨 막걸리 서너 사발의 취기를 빌어 불끈 오기가 솟아 입술을 질끈 물고 허둥거리며 낫질을 했으나 노인은 벌써 논둑 끝에서 마주보며 이쪽을 향해 베어오고 있다.

"영감님 손에는 발동기가 달렸나 봅니다. 낫이 가면 두어 발짝 앞에서 벼가 겁에 질려 저절로 넘어지네요."

"예끼, 이 사람아! 사정 봐주며 하는 거야. 젊었을 땐 여남 포기씩 잡고 바람만 일으켜도 툭툭 잘도 넘어졌지. 허허허!"

내 무능이 부끄럽지 않은 흐뭇한 시간들이다. 먹물 빛이 어른어른 비치는 얇은 낭만주의로는 이곳을 이해하기 어려웠다. 인정과 풍요가 넘치는 전원의 풍경이라는 수식은 유치하다. 두엄더미 덮어쓰고 개골창에서 허우적거린다는 자학 또한 정당한 평가가 아니다.

힘에 부대끼는 농사일을 어설프게 흉내 낸다. 잠자리에서는 짐승처럼 끙끙 앓으면서도 가슴 속이 조금씩 맑아진다. 전원적, 목가적, 향토적, 서정적, 토속적이라는 수식어가 동의어로 쓰이는 교과서적 발상이 우습다. 농사일이란 어찌 그리 허리를 굽혀야하는 일이 많은 것인가에 대해서도 생각이 필요했다. 씨를 뿌리고 정성껏 돌보고 끈기 있게 기다려야 한다. 어린 떡잎이 하늘을 향해 꼿꼿이 설 수 있을 때까지 허리를 굽혀 그것들을 보살펴야 한다. 이삭이 누렇게 익어 스스로 고개를 숙일 때까지 더욱 꼿꼿해지도록 물과 영양을 공급해 준다. 내가 숙여 너를 서게 하는 이타행이다. 몸에 붙은 터럭 하나 건드려도 발끈해하며 자기 한 몸 세우기에만 급급한 또 다른 삶들도 생각해 본다.

간간이 기침 소리만 들리더니 노인이 고의춤을 추스르며 마당으로 내려왔다. 변소에 들를 모양이다. 불이 켜진 것을 보고 방문 앞을 스치면서 녹슨 기계 같은 목소리를 던진다.

"아직 안 자는가? 피곤할 터 인디."

"예, 잠이 안와서요."

"마이 피곤하면 잠도 달아나 버리제."

벼 포기를 휘어잡고 신명나던 노장수의 찌렁찌렁하던 모습은 간 데 없고 굽은 허리를 두드리며 어기적 걸음으로 변소로 향한다.

"별이 총총한 걸 보니 내일도 날이 좋겠구먼. 타작 마칠 때까지 탈이 없어야 할낀데."

핫바지 자락을 움켜잡고 어깨를 비틀며 변소에서 나온다.

"자네. 담배 있으믄 하나 주게."

노인은 내가 거처하는 방 앞 댓돌에 걸터앉는다. 나는 방문을 반쯤 열고 자세를 바로 잡고는 담배 한 개피를 건넸다. 성냥을 그어드리니 노인은 담배가치를 힐끗 보더니 필터를 툭 분질러 던져버리고 불을 붙인다. 원, 싱거워서, 노인은 혼잣말처럼 중얼거리며 빽빽 소리를 내며 담배를 빨았다.

"우째, 할 만한가? 농사일이란 인이 배겨야 힘든 줄 모르제. 막노동이야 힘만 버럭버럭 쓰면 되지만 농사는 달라. 그나저나 타작하고 말릴 때까지 날이 들어야 할 터 인디. 하늘보고 애태우며 한평생 보내는 게 농사꾼이여."

"내일은 어디 논으로 갑니까?"

"음, 저수지 쪽은 다 벴으니까, 성고개 쪽 봉답 일곱 마지기를 베야겠군."

"철암 노인도 내일 함께 갑니까?"

"모르제. 식전에 데불러 가보긴 하겠지만, 처래미 그눔, 지신수가 끌려야 움직이제. 일손만 안 딸리면 그눔 손까정 빌릴꺼 없는데. 원, 처삼촌 벌초하듯이 하니, 쯧쯧! 뱃속 알라 손까지 아쉬운 판이니, 참, 허허허!"

그눔 손까지 빌릴 것이 없다는 말에 나는 찔끔했다. 나 같은 신출내기도 기실 큰 보탬이 되지 않는다. 반몫이라도 하길 바라며 붙여주는 형편임을 알고 있다. 능숙한 일꾼들 틈새에서 거추장스럽지만 조급한 심정에 손님 대접하며 일을 시키고 있다.

마을 사람들이 아이 어른 할 것 없이 '처래미, 처래미'라고 불러대는 철암 노인에게서 나는 안개 속에서 집히는 손길 같은 동료애를 느꼈다. 털못 지나 외딴집에 혼자 살고 있는 노인이다. 동네에 길흉사가 있으면 궂은일을 맡아서 한다. 아무 집에서나 밥 한 끼면 그를 부릴 수 있다. 초상집에서 시신 염하기, 잔치집에선 돼지 목따기, 가마솥에 장작불 피우기, 요즘 같은 일철에는 이집 저집 부족한 일손을 보태고 있다. 먹여주고 담뱃값이나 쥐어주면 흐뭇해하는 위인이다. 일이 없는 철에는 하루 끼니 때우기도 어려울 것이다. 영감님이 그눔의 손까지라고 한 데는 이유가 있다. 일에는 이골이 났는데 솜씨가 마구잡이다. 벼를 함부로 베어서 마구 널어 버리니 다시 다른 사람의 손이 가야할 형편이다. 힐책은 아예 들리지도 않는 듯 영감님의 고함소리만 들판에 외롭게 찌렁찌렁하다. 기워 입은 핫바지가 초라하고 더러웠으나 천하게 살아온 사람에게서 볼 수 있는 풍요로움이 얼굴에 그득하다. 단정치 못하나 성성한 백발과 허연 구레나룻이 멋스럽다. 그를 몇 번 본 후 그에게 헤밍웨이라는 별명을 붙였다. 주인댁 막내 딸애에게 노인과 바다, 누구를 위하여 좋은 울리나 따위를 들먹이면서 철암 노인의 인상을 미화해댔다. 딸애는 곱지 않은 얼굴에 덧니를 드러내고 웃으며 흥미를 보였다. 도회적 해쓱함으로 가끔씩 들려주는 먹물티 수작에 끌리는 모양이다.

"처래미 그 영감도 세상 편한 놈이제. 가끔 딱한 맴도 들지만, 까짓꺼 거적대기 덮혀가나 만장 펄럭이며 꽃상여에 실려가나 죽기는 매일반인디. 걱정없이 사는기 대수제. 허나 인간이 너무 무랑해 빠져서 일을 시켜도 걱정이여. 지 하기 싫으믄 모내기 하다가도 못줄 던져버리고 가버리지. 하기야 그눔한테 옹골찬 걸 바란다는게 잘못이지만, 무랑해, 너무 무랑해."

노인은 무책임한 것이 못내 걸리는 듯 무랑하다는 말을 몇 번이나 반복했다. 내일 치를 작업에 대한 그윽한 걱정인 듯하다. 무랑하다는 말은 물렁하다는 말의 변형 같다. 단단하게 여물지 않고 느슨하고 무책임하다는 의미로 이해되었다. 그러나 참으로 오랜만에 나는 무책임하다는 어휘가 던지는 강렬함에 가시 찔린 듯 움찔했다. 누구나 자신이 지녀야할 분량의 책임이 있을 터인데 나는 지금 그것들을 어디에 유기해버리고 이런 꼴인가. 장롱 속 오래 묵은 양복주머니에서 우연히 늙은 부모님의 편지조각을 발견한 것처럼 전신이 떨린다.

사연이 있을 것 같은 철암노인, 그냥 바라만보는 것이 예의라는 생각이 들었다. 이 댁 사람들이 시원찮은 반 푼짜리 일꾼인 나에 대해서 아무 것도 캐묻지 않고 그냥 묵묵히 함께 지내는 것처럼. 애정 없는 호기심으로 꼬챙이질을 하는 무리들이 많은 게 세상인심이라지. 함부로 들쑤시는 것이 가혹한 짓인지도 모르고 신바람 나서 날뛰는 무리들이 얼마나 많은가. 언론이라고 통칭되는 것들이 그 족속이다.

"늙으나 젊으나 인간은 매가리가 있어야제. 같이 늙어가는 판에 불쌍하기도 하지만 하는 짓이 밉상이여. 이태 전 우리 할망구 죽었을 때도 그랬지. 읍내에 관 지러 보냈더니만 관은 개골창에 처박아 놓고 몇 푼 집어준 돈으로 술 퍼마시고 거름더미에 퍼져 자고 있더군. 밤새 기다리다가 동네 청년들이 찾았어. 불쌍한 할망구 저승길에 옷도 못 입혀서 보낼 뻔 했으니. 에이! 매가리 없는 눔!"

노인에게 담배 한 개피를 더 권했다. 그눔, 그눔 하면서도 노인의 말 속에 모진 칼끝이 서려 있지 않다. 그래도 그놈은 나하

214

고 저승 갈 때 길동무 할 놈이라며 연민이 축축이 젖어 있다.

삶의 왜소함과 죽음에 대한 무상감, 무책임함과 매가리없음과의 사이를 넘나들며 얼음장에 박힌 채색 유리알 같은 별들을 바라보았다. 싸늘한 기운이 감도는 밤하늘에 아스라한 흔적처럼 별들이 점점이 찍혀 있다. 그리고 그녀를 생각했다. 멀리 있어야 하는 그리움으로.

"그만 자세. 내일도 식전부터 들에 나가야 하는디. 늙은이가 내 생각만 하고 이바구가 길어졌구먼."

노인은 삐걱거리는 낡은 기계처럼 힘들게 일어나서 허리를 두드리며 위채로 향했다. 용맹스러웠던 늙은 장수의 사그라져 가는 뒷모습을 보는 것 같아 코끝이 찡하다. 젊은 시절엔 성고개 너머 조씨네 집에 머슴을 살았다는 말을 담담히 들려주던 노인이다.

외양간의 소는 간헐적으로 크르릉거리며 목덜미로 벽을 문지른다. 한 여자의 그늘로부터 벗어나야겠다고 이다지 찌든 유희를 하고 있는 것인가. 명백한 매듭도 짓지 않고. 충동적인 가출이 부모의 간섭으로부터 해방되는 것이 아니라 더욱 질긴 사슬이 되어 옥죄어든다는 것을 아이들은 모른다. 만지고 부닥치고 머리통이 깨지는 시행착오를 치른 후에야 인식하게 된다. 깨달음과 후회는 같은 종족인지 항상 마지막 열차를 타고 도착하는 낯선 손님 같다.

아우슈비츠의 회색 철문 속으로 밀려들어가는 군중을 바라본다는 것은 눈이 시도록 아픈 노릇이다. 잘려나간 사지를 납작한 수레 귀퉁이에 의지하고 흘러간 노래를 밀며 질척이는 시장 바닥을 누비는 방물장수 사내의 형형한 눈빛을 바라보는 것은 전신을 찌르는 전율이다. 엿장수, 날품팔이를 하면서도 더러운 국물에 손끝 한 번 찍어보지 않고 버티며 살았노라는 어느 시인의 포효는 살맛나게 하는 갈채다. 덩치 큰 청년에게 구둣발로 대갈통을 짓밟히면서도 '내가 뭐 잘못했어'라고 소리치며 바지자락을 물고 늘어지는 대합실 구두닦이 아이의 발악은 살아있는 것에 대한 숙연함이다. 쪽파 두 단을 신문지에 얹어놓고 떨이를 부탁하는 시장어귀 노파의 수줍은 표정은 연민보다 훨씬 숭고한 엄숙함이다. 그 모든 풍경들을 허망하게 바라보다 돌아서 버리는 나는 대책 없는 불구불능이다.

우람한 가슴에 번듯한 얼굴, 건강한 윤기 번질거리며 미세한 것들을 구둣발로 비벼버리는 중년 사내의 호탕한 웃음의 색깔은 무엇일까. 마주잡은 두 손을 혼신의 무게로 흔들며 그 무게만큼의 믿음을 던지고는 등 돌리고 돌아서서 땅에 뱉어내는 단정한 복장인 사내의 가래침. 그가 숨겨둔 가슴 속의 송곳, 그것은 얼마나 예리한 것일까. 전신에 탐욕과 식욕만을 덕지덕지 걸치고 말라붙은 음부의 습기를 저주하며 더 많은 것을, 더 큰 것을 쫓아 종횡무진해대는, 폐경기를 녹슨 훈장으로 감춘 중년 여인의 소녀시절 꿈은 무슨 빛깔이었을까. 어떤 놈이든 내 성안에서는 양순한 하인이 되어야 한다. 내 성의 돌쩌귀 하나 부수려는 놈은 용서치 않는다. 내가 쌓은 영역은 오직 나의 것이다. 얌전하게 굴어야만 먹다 남은 떡 조각이라도 줄 거다. 방자한 싹은 비수로 뿌리째 잘라버리겠노라고 호통치며 유유히 큰기침하시는 기득권의 제왕이 돌아서서 보이는 웃음의 냄새는 어떤 것일까. 손을 들어 구름을 만들고 손을 뒤집어 꽃을 피우는 마술에 탄성을 지르고 그가 던지는 빵부스러기를 좇아 네 발로 땅을 기는데 점점 익숙해져가는 멀쩡한 젊은 놈의 가슴에 고여 있는 물의 주성분은 무엇일까. 이것도 궁금하고 저것도 신기한, 멀건 눈망울 거물거물 굴리며 뒤뚱뒤뚱 어기적거리는 내가 땅바닥에 꼬챙이로 그리고 있는 것은 그리움인가, 아쉬움인가, 안타까움인가, 슬픔인가, 미움인가.

펜은 칼보다 강하다는 가당찮은 푸념을 엄숙한 진리로 믿는다. 번득이는 칼날의 언어로 비대해진 세상의 군살을 썩둑썩둑 자를 것이다. 밤새도록 신물까지 토해내도 남아있는 찌꺼기, 그 메스꺼움의 뿌리도 예리한 은빛 칼날로 잘라버릴 것이다. 죽어서 둥둥 떠가는 고래가 되기보단 세찬 물살 가르며 거슬러 올라가는 담수어이고 싶다. 어지럽게 난무하는 비린 바람을 올올이 칼질할 것이다. 홀짝홀짝 한 모금씩 마시는 샘물의 시가 아니라 찌들어 남루한 육신 위에 흠썬 쏟아지는 폭포의 시가 될 것이다. 가는 펜 끝을 놀려 찔끔찔끔 남기는 흔적이 아니라 다섯 손가락 마디 잘라 펑펑 쏟아지는 선혈로 써내려가는 언어가 될 것이다. 깡통 조각 들고 숫을대문 앞에서 목소리 가다듬으며 어른거리는 먹물거지들이 모두 가루가 되어버리도록 그들을 위해 폭탄을 던져버릴 것이다. 하늘 가운데 우뚝 내걸린 태양처럼 모든 어둠을 불살라 버리고 부패한 세

균을 박멸해버리는 완벽한 순도를 지닌 살균의 언어를 뿌릴 것이다.

밤이 이슥해졌나보다. 벽을 긁던 우공(牛公)도 이제 동작을 멈췄다. 천정 위로 바삐 달리는 서생원의 신발 끄는 소리에 가끔씩 움찔거린다. 약간 한기를 느낀다. 머잖아 서리가 내릴 것 같다. 발치께 밀쳐 두었던 이불을 끄집어 덮으며 나는 천천히 모태 속의 자세를 취하며 한없이 작아지고 있다. 손톱으로 획 문질러버리면 없어져 버릴 점이다. 커다란 고마움을 빈정거리는 눈빛으로 갚으며 여기 누웠다. 그만 쓴다. 변화가 있으면 찾으리라.

성고개 마루에 벼알처럼 우수수 떨어지는 별빛을 바라보며. 내가 쓴다.

무슨 얘기를 하고 싶은지 스스로도 분간이 서질 않는다. 결국 투정부림에 불과하다는 부끄러움을 누르며 발신인 주소 없는 편지를 그녀에게 보냈다.

4. 평행선 긋기

며칠 동안 연이어 비가 내린다. 허망한 가을비다. 농촌의 소망을 배신하는 비다. 힘겹게 베어 묶어둔 볏단이 방치된 시신처

218

럼 무참히 젖고 있다. 노인의 이마에 더욱 굵은 주름이 파였다. '가을비'라는 도회적 발상이 어이없다. 사물의 한 면밖에 보지 못한 편협함이 가슴을 쓰리게 하는 시간이다. 서너 단씩 다발을 만들어 세워둔 것, 아직 단으로 묶지도 못한 채 논바닥에 널려 있는 것, 잘려진 황금물결의 주검 위를 빗줄기가 무심하게 쓸고 있다. 혓바닥 타들어가는 마을 사람들의 탄식은 신음으로 변해 빗속에 용해되고 있다.

또 다시 무료가 쌓였다. 볕이 잠시라도 나야 볏단을 뒤집기라도 할 터인데… 무겁게 깔리는 주인댁 노인의 혀 차는 소리가 허망하다. 낮술에 취한 마을 청년들이 대문 앞에 어른거렸으나 기척내지 않았다. 어차피 같은 물 속에서 파닥이는 물고기가 될 수 없다. 애써 동질감을 만들어 봐도 나는 결국 무책임한 구경꾼이다. 마음을 터놓고 그들과 뒹굴어보고 싶었으나 그건 가증스런 흉내에 불과하다.

빗줄기는 태평스러운 동작으로 근 일주일간 계속되었다. 볏단에 싹이 트겠다고 야단들이다. 낮술에 취해 떠드는 마을사람들의 소리가 잦아졌다. 간혹 앙칼진 여인네의 고함도 들렸다. 풍요로워야할 전원의 가을에 군데군데 흠집이 나며 일그러지고 있다. 할 일 없이 방안에 누워 빈둥거린다는 게 쉽지 않다. 대책 없이 밥만 축내고 있다는 사실이 미안하다. 예전에 별로 느껴보지 못한 부끄러움이다. 살이 두어 개 부러진 우산을 들고 들판으로 나갔다. 나가는 길에 구판장에 들러 술을 샀다. 구판장 안에는 양수 속처럼 홍건한 담배연기 속에 마을 사람 네댓 명이 술판을 벌이고 있다. 어이, 해평 양반댁 젊은이 아닌가, 이리 오소. 한잔 하소, 들판에서 가끔 스친 낯익은 얼굴들이다. 면 소재지에 급한 볼일이 있다고 둘러대곤 소주병을 들고 나왔다.

들판에는 뙤약볕 아래 허리 굽혀 쓰다듬었던 정성들이 패잔병의 주검처럼 널려 있다. 황금벌판이란 허울 좋은 수식어가 하염없이 뿌려대는 빗줄기 속에 무색하다. 군데군데 물고를 트러 나온 사람들이 삽자루로 뒷짐을 지고 낡은 가로등처럼 서 있다. 들판을 가로질러 털못 쪽으로 걸음을 옮겼다. 동수나무가 버티고 선 모퉁이를 돌아가니 도롱이를 엎어놓은 것 같은 움막이 보인다. 철암노인이 살고 있는 집이다. 몇 년째 지붕을 잇지 않았는지 썩은 초가지붕 위엔 들풀이 엉성하게 솟아 있다. 마파람에 흩날리는 풍성한 그의 구레나룻을 떠올리며 초라함이나 고독함 따위의 너스레를 떨기 싫었다. 오히려 비시시 웃음이 돌았다. 삽짝을 들어서니 비쩍 마른 황구 한 마리가 처마 밑에서 멀뚱멀뚱 쳐다보더니 귀찮은 듯이 두어 번 짖어댄다. 누가 온 거여, 뉘기여? 듬성듬성한 문살과 창호지가 너덜거리며 방문이 열렸다.

방안에서 곰삭힌 홍어 냄새가 난다. 해평 어른 댁에 기숙하는 놈이올시다라는 반지르르한 자기소개는 그에게 우스운 짓거리였다. 식사는 하셨느냐고 어눌한 인사를 건넸으나 비가 오니 심심하구먼, 타작이라도하믄 신명날 낀데… 나는 다시 머쓱해져서 부시럭거리며 소주병을 꺼냈다. 술하고 밥이야 물리는 법이 없제. 그는 웃음기를 띄며 병째로 몇 모금 마시고는 손으로 입언저리를 닦아 방바닥에 뿌린다. 도무지 내 얄팍한 호기심이 비집고 들 틈이 없다.

간사한 호기심으로부터 이 노인을 지키는 것이 도리라고 다짐하면서도 먹물 묻은 의식의 찌꺼기가 흔들린다. 여기까지 떠밀려 와서 비린내나는 수작이나 벌인다면 도대체 나라는 인간의 빛깔이 너무 바래진다는 자괴가 꿈틀댄다. 현상과 무관한 삶을 그냥 거기 두고 바라보기만 하는 것이 가장 큰 애정일 것이다. 번갈아가며 병 주둥이를 몇 번 씩 빨아대니 취기가 오른다. 노인은 아무런 동요 없이 구석을 뒤져 담배가루 부스러기를 꺼내서 종이에 말아 뻑뻑 빨며 벽에다 퉤퉤 침을 뱉어댄다. 준비해간 소주 두 병을 다 마셔버리니 할 일이 없다. 노인이 어색한 침묵을 깬다.

"허허! 그놈의 비, 자알 온다. 비 오는 날은 노가다 공치는 날이고 눈 오는 날은 문디들(문둥이들) 빨래하는 날이고. 좀 취하네. 노래 한 자락할까. 내 한 때 유랑극단 따라댕기며 시다바리 좀 했지."

비 때문에 남들은 애간장이 타는데 철암 노인은 비 자알 온단다. 나 역시 책임질 일이 없으니 추임새를 넣었다.

"좋지요. 걸죽하게 해보세요."

"험, 허엄! 부를 줄 아는 기 이것뿐인디. 이 푸우웅 지인 세상을 만났으니~ 너의 희망이 무엇이냐. 부귀와 영화를 누우우렸으니 희망이 조오옥할까아~"

내가 다음 구절을 받았다.

"푸으~른 하아~늘 밝은 달아래 고오옴고오옴히 생각하니~ 세상 만사아~가 춘몽 중에 또다시 꿈 같구나아~"

"얼씨구! 조오타!"

남루한 외딴집이 꿈의 궁전이 되었다.

"세상일이 모두 신파여, 신파!"

그것도 잠시, 또다시 할 일이 없다. 멀뚱거리며 노인을 바라보는 것도, 가끔씩 찢어진 창호지 틈으로 바깥을 내다보는 것도 싫증난다. 빗줄기는 계속 질척거리며 전원의 캔버스 위에 무례한 낙서질 중이다. 인사도 없이 슬그머니 방문을 밀치고 나와 버렸다. 사람 붙들고 횡설수설하지 않는 헤밍웨이 영감이 고맙다. 주위는 뿌옇게 이내가 끼었다. 조금씩 어두워지기 시작한다. 휘청거리는 걸음으로 오던 길을 되돌아간다. 들판에는 이제 아무도 없다. 사위어가는 폐허 위로 어둠과 적막이 장막처럼 번져나간다.

시골 풍경에 어울리지 않는 철대문을 밀고 마당에 들어서자마자 위채에서 막내 딸 아이가 다급히 소리 지른다.

"아저씨, 아저씨! 빨리 와보세요. 빨리, 빨리요."

아이는 마루에서 발을 구르며 안달이다. 우산을 접어 처마 밑에 던지고 아이 쪽으로 갔다.

"아저씨 이름이 윤근호죠? 그죠? 맞죠? 구판장이랑, 소재지랑 내가 얼마나 찾아 다녔는지 몰라요."

아이는 신바람과 흥분이 엉켜 있었다.

"아저씨 윤근호 맞죠?"

시덥잖은 이름 석 자, 휴지조각처럼 구겨버린 지가 오래다. 그게 내 이름인가 싶을 정도로 낯설다. 선뜻 대답을 하지 않으니 아이는 멱살을 잡을 기세로 드세게 다그친다.

"음 그런데, 왜?"

"어휴, 빨리 가보세요. 소재지 정류장으로요. 아저씨를 찾는 손님이 왔어요. 여자, 여자예요. 까만 옷을 입고 왔어요. 파마 안한 긴 머리였어요. 빨리 가보세요. 정류장에서 막차 때까지 기다린다고 했어요. 2학년 때 우리 선생님처럼 생긴 여자였어요. 참 이뻤어요."

아이가 정신없이 호들갑을 떠는 통에 부엌에 있던 딸아이의 어머니가 나왔다.

"원 어딜 그렇게 얘기도 없이 나갔었수? 동생은 아니란데 꽤 힘들게 찾아온 모양이우. 아랫방에서 기다리라니까 기어이 소재지 정거장에서 기다리겠다며 도로 갔수. 아기엄마 차림새는 아닌 걸 보니 총각 애인인가보우. 벌써 반나절은 되었겠수. 빨리 가서 함께 들어와요. 원 세상에, 요기라도 했는지…"

조금씩 현기가 돌며 미열이 난다. 짙어오는 어둠만큼이나 난감함이 성큼성큼 다가온다. 주먹이 가볍게 떨린다. 분노일까. 다시 우산을 펼쳐 들고 소재지 쪽을 향해 느린 걸음으로 걸었다. 가로등 없는 시골 밤길엔 더듬이라도 있었으면 좋겠다. 가끔 소재지 쪽 도로를 달리는 자동차 불빛이 별똥별처럼 어둠의 터널 속을 잽싸게 헤치고 사라진다.

주차시설도 없는 간이 정류장 대합실에는 행선지와 요금을 적은 색 바랜 종잇조각만 빗물에 젖고 있다. 희미한 백열등이 힘없이 그것들을 비춘다. 바닥에는 비닐봉지와 빈병 나부랭이가 어지럽게 널려 있다. 벽면을 따라 놓인 긴 나무 의자에 단정한 자세를 갖추려 애쓰며 그녀가 혼자 앉아 있다. 다가가 어깨를 툭 칠 능력이 내겐 없다. 인기척에 그녀가 빤히 쳐다본다. 선뜻 처마 속으로 들어서지 못하고 물끄러미 바라보았다. 난처한 순간을 깨뜨리려는 듯 그녀가 배시시 웃는다.

희미하게 드러나는 잇새가 하얗다. 가슴 바닥에서 울컥 치미는 그 무엇을 애써서 삼킨다. 그리움의 찌꺼기인지도 모를 일이다.

"어떻게 여길?"

"우산 접고 잠깐 들어오지 그래."

처마 끝에서 시큰둥한 표정으로 버티고 선 내 자세를 바꾸려 애쓴다. 검은 작업복과 고무신을 끌고 있는 내 모습에 의미를 새기려는 듯 빙그레 웃는 모습이 커진다. 늘상 편하게 해주는 징그러움이다.

"용하구나."

"꼬박 다섯 시간 이렇게 앉아 있었다. 인사치레라도 해야하 질 않겠니? 반드시 나타날 것이라는 확신이 있는 기다림은 즐거움이지만…"

"피곤한 사변놀이는 싫다. 그래 눈물겹도록 감격스럽다. 이렇게 잊혀진 땅까지 찾아와줘서."

"농사 배워서 농촌에 눌러앉을 계획이니? 그래 할 만 해?"

"빈정거리는 거야?"

"글쎄, 각자 길이 있을 건데. 숨 가쁘게 힘든 세상이라는 데…"

"꼰대 같은 소리 하지마. 길지 않은 생애 중에 그래도 지금이 얼굴에 핏기 도는 시간이야. 위로하고 감싸고 고마워하는 데는 익숙치 못해. 어떻게 이 구석까지 비집고 왔는가를 묻는 것이 지금 내가 할 수 있는 일의 전부인 것 같다."

좁은 대합실이 올리도록 그녀가 크게 웃는다. 고인 물 같은 분위기에 어울리지 않는 괴기한 웃음소리다.

"네가 가르쳐주지 않았니?"

"내가?"

"무슨 맘, 무슨 소린지 모를 편지를 보낸 적은 있지만 주소는 쓰지 않았다."

"단순하긴. 추리소설일랑 써보겠다는 생각 아예 말아. 우표에 찍힌 소인으로 확인했다. 성고개 마루에 별들이 쏟아지는 마을은 그리 많질 않았다."

"무섭다."

"나는 우습다."

"왜 왔어?"

"찾을 수 있을까 하는 막연함을 확인하려고."

"그렇게 한가해? 못난 사람은 한가하면 죄를 짓는다고 하더니만."

"그럼 잘난 사람은?"

후다닥 집어던지듯이 그녀를 버스에 떠밀어 넣어야겠다는 생각뿐인데 조금씩 그녀의 놀이에 말려들고 있다.

"잘난 사람? 그야 도를 닦겠지."

"오랜만에 땀 흘리는 시간을 비웃지마라. 성질나게 하면 네 뺨따구를 갈겨버릴지도 몰라. 난 지금 얼굴에 도는 핏기가 고마울 뿐이다."

"차라리 뺨이라도 맞으면 후련하겠다. 네게 그런 변화가 생겼다는 게 반갑다. 그러나 어느 순간도 방치되어선 안 되는 게 삶이라고 믿는다. 구경꾼이란 무책임한 만큼 허전한 존재야. 무대에서 서툴면 서툰 대로 땀 흘리는 배우가 되어야하지 않겠니. 햄릿이든 돈키호테든 피에로든. 역할의 경중이야 어떻든 혼신으로 몸부림쳐야 하는 것이 인간에게 주어진 의무가 아닐까. 삶에 대해 초월했노라고 외치는 소리도 사실은 인생에 밀착하고 싶은 다른 목소리에 불과한 게 아닐까. 사물에 대한 극단적인 혐오가 극단적인 사랑으로 나타나는 경우도 같은 논리인 것 같다. 여유를 가장한 게으름도 경계해야겠지. 방황이라고 수식을 붙인 단정치 못함도 문제일 터이고."

"막차가 곧 온다. 더 이상 설교 늘어놓지 말고 이곳을 떠나는 것이 내게 베풀 수 있는 최대의 성의다. 아직도 애정이 남아있다면."

팽개쳐두었던 사고의 다른 부분들이 일렁거리기 시작하는 것 같아 불안하다.

"여긴 숙박시설도 없다. 막차 오면 타고 가라. 좁은 시골구석에서 웃음거리 되고 싶지 않거든."

"지금 같이 나가자. 마지막 한 학기 남겨두고 이러고 있는 게 안타깝다. 나 역시 졸업장이라는 걸 훈장으로 생각지 않지만 조그만 마무리라곤 여긴다. 졸업장 거머쥐고 반지르르한 월급쟁이가 된다는 건 상상만 해도 역겨운 노릇이지만 순간순간을 정리하고 새로운 시작을 하는 게 순서라고 생각해. 버스가 오면 함께 나가자. 일인분의 양식을 위해 부대끼며 살아가는 저자거리로."

"죄인을 붙잡으러 온 금부도사군. 지금 이곳에서 생활도 엄숙한 삶의 일부다. 두루마리 휴지처럼 주루룩 풀어 아무렇게나 던져버릴 수 있는 게 아니야."

제때 온다면 막차 시간이 이제 5분 정도밖에 남지 않았다. 어떻게 하면 버스에 억지로 떠밀어 넣는 촌극을 벌이지 않고 제 발로 성큼 올라서게 할 수 있을 것인가를 궁리하니 골이 쑤신다. 입안도 마른다. 길 건너편 주점에선 사내들이 떠드는 소리가 간간이 들린다.

"아유, 아저씨! 여태 뭘 해요. 집에서 얼마나 기다린다고요. 손님 모시고 빨리 오래요. 여기까지 심부름 오는데 무서워서 죽을 뻔했어요. 빨리 가요."

막내딸 아이가 숨을 헐떡거리며 좁은 대합실 안으로 뛰어들었다. 손전등 불빛을 덜렁거리며 아랫도리는 무릎까지 젖었다.

"아니 너 왜 왔니?"

"왜는 왜예요! 엄마하고 할아버지가 야단이어요. 손님 모시고 빨리 오래요."

아이는 비 오는 밤길에 심부름가라는 명령에 몹시 삐친 듯

예전처럼 나에게 생글생글 웃던 모습이 아니다.

"이 손님 가는 것 보고 들어갈려고 있는 거다. 조금 있다가 나하고 같이 집에 가자. 막차가 곧 온다. 이 손님은 가야 해."

"안돼요. 꼭 같이 오라고 했어요. 지금 저녁상을 새로 준비했어요."

아이와 얘기하면서 힐끔힐끔 바라 본 그녀는 매우 낭패스런 모습이다. 차 소리가 들린다. 머리를 내밀어 소리 나는 쪽을 바라보니 빗줄기 가운데 물먹은 횃불덩이 두 개가 흐느적거리며 다가오고 있다.

"차가 온다. 타라."

"함께 나가지 않으면 타지 않는다."

"너 답지 않다. 앙탈인가? 가지 않으면? 이 조용한 시골에서 신방이라도 차리자는 게야?"

낮고 무겁게 주고받는 대화에 아이는 멀뚱거리며 번갈아 우리를 바라본다. 버스가 가래 끊는 소리로 다가오면서 경적을 두어 번 울린다. 후줄근한 촌부 두 사람이 내린다. 차장이 버스 옆구리를 탕탕 두드리니 떠나버린다.

"이제 어떡하겠다는 거냐?"

"어쩌겠다는 걱정이 대단하구나. 그렇게 빈틈없이 살고 있는 가 보지. 쫓는 자와 쫓기는 자, 우리 둘 중 누구일까. 너는 자신 있게 구분지을 수 있니? 나는 불을 향해 무모하게 돌진해 머리에 피 흘리며 떨어지는 불나방이 아니야. 네가 어둠을 환히 밝혀주는 등불이 아닌 것처럼."

"아저씨 그만 가요. 모두 같이요."

아이가 지루함을 참지 못하고 성화를 부린다. 으슬으슬 한기가 든다.

"지금 이곳은 넉넉한 인심으로 가득 찬 가을이 아니야. 뙤약볕 아래 등허물 벗겨져가며 지은 농사가 비 때문에 썩어가는 참담한 현장이다. 네가 돌아가는 게 예의야."

"걱정 마. 걸어서라도 돌아간다. 네가 기숙하는 집에 널름 들어설 만큼 뻔뻔스럽지는 않아. 다만, 다만… 무언가 매듭이 있어야 한다고 믿고 싶다. 그리고 나는 무언가 선언을 해야겠다는 예감이다. 너의 방황이 네가 만들고자 하는 황금알을 위해서라면 가치 있겠으나 무대의 변두리에서 혹은 무대 뒤에서 어슬렁대고만 있는 나태가 아니길 경고하고 싶다. 오래전 내가 대학입시 낙방이라는 인생의 첫 좌절에 부딪혀 허우적거릴 때 너는 나에게 '봄이 오는 소리'라는 글귀를 적어준 적이 있지. 다시 시작하고 일어설 수 있는 큰 힘으로 가슴에 남아있다. 지금 네게 돌려주고 싶다."

매듭, 선언, 경고 따위의 경직된 어휘가 갑자기 그녀로부터 쏟아져 나온다. 몽롱한 의식에 가벼운 소용돌이가 인다. 낮잠에서 갑자기 깨어난 듯 어리둥절하다.

230

"삼거리에 가면 버스가 있니?"

시큰둥하게 서있는 아이에게 계면쩍은 표정으로 물었다.

"용계리 쪽에서 나오는 차가 있기는 해요. 지금 삼거리까지 간단 말이예요?"

"그래 이 손님은 돌아가야 돼. 몇 시 차가 막차니?"

"여기서 막차를 놓치면 삼거리까지 가서 타기도 해요. 한 시간 후에 있어요."

"삼거리까지는 얼마나 걸리니?"

"자전거 타고 20분 정도 걸려요."

"그렇다면 됐다. 서두르면 탈 수 있겠구나. 넌 집으로 들어가거라. 아저씨는 이 손님 바래다주고 갈게."

아이는 짜증 섞인 표정을 지우고 어리둥절해 한다.

"두 사람 다 모시고 오랬는데. 밥상 차려 놓고 기다릴 꺼예요."

"알겠는데. 이 손님은 오늘 꼭 가야할 일이 있어."

"아저씨는 돌아오는 거죠?"

"그럼."

"이 후래쉬 갖고 가세요. 우산도 제가 쓰고 온 걸 가지고 가세요. 저는 아저씨 꺼 들고 막 뛰어가면 되요."

"무섭지 않겠니?"

"맨날 다니는 길인데요 뭘. 눈 감고도 갈 수 있어요."

아저씨 돌아올 때까지 자지 않고 기다리겠노라고 소리치고는 동동걸음으로 마을을 향해 어둠 속으로 빨려 들어갔다.

"가자구."

그녀가 말없이 따른다. 지나가는 화물트럭조차 없는 고적한 시골길이다. 가을비는 끈질기게 뿌려지고 있다. 보이지 않는 표적지를 향해 던져진 젖은 휴지뭉치처럼 낯선 밤길을 처적처적 걸었다. 각기 다른 무게의 슬픔 같은 걸 그득 안고 검은 바다 위에 비틀대는 조각배의 항해다. 소재지의 불빛이 가물거리는 등대처럼 희미하게 멀어진다.

"사물의 한 면밖에 볼 수 없는 편협함을 반성하고 있다. 가을비라는 도회의 알량한 낭만이 지금 이곳 사람들에겐 가슴은 쥐어뜯게 만드는 원망이다. 보고싶다는 간절한 그리움이 소중한 것이지 만나서 얼싸안는 것, 그건 허탈이지. 영웅이라는 것도 그것을 기다리고 흠모하는 자에게 소중한 가치 개념이다. 그 자신은 외로운 장대위에 올라선 피에로에 불과하다. 죽음은 살아남아있는 자의 인식이지 흙 속에 묻히는 자의 것은 아니다. 내가 낳고자 하는 황금의 알, 낳고자 애쓰는 산모의 진통이 가치를 지닌다고 믿는다. 설사하듯이 쑥 빠져나온 알은 알이 아니다."

"그래, 품삯은 얼마나 받기로 했니?"

"품삯이라니, 벼에 싹이 트고 썩어 문드러지는 판국에 그게 무슨 소리야. 열댓마지기 어렵게 부치는 사람들, 자칫하면 굶어 죽을 판이야. 못난 인간 얼씬댄 재앙인 것 같기도 하고."

"세상 죄를 대속하시고 싶은 게로군. 그건 교만이야."

"별 희한한 논리군. 근데 춥지 않아?"

"추운 건 고사하고 발이 부르트겠다."

"비장한 각오로 출장한 병사가 군장을 챙기지 않았군. 발목이 죄도록 끈을 동여맨 운동화를 신고 오질 않고."

"선뜻 묻질 못하고 얘기를 돌리는구나. 그래 선언이 뭐고 매듭이 뭐냐고 묻고 싶은 거지? 나는 너를 포기하겠다는 선언이 나올까 두려운 거지."

"돗자리 깔고 점쟁이로 나가 앉아도 되겠군."

말꼬리가 흐려졌다. 어떻게 그 매듭과 선언의 말머리를 끄집어낼까 끙끙대고 있었다. 그녀의 또렷한 표정은 어둠에 묻혀 보이지 않았다. 붙잡지도 던지지도 못하며 꾸물거리기만 했던 불안이 내동댕이쳐지듯 내리누른다.

"낯선 밤길, 비 내리는 캄캄한 시골 자갈길을 함께 걷는 것, 꽤 상징적이네. 목적지는 불빛조차 보이지 않고. 하지만 무섭지 않은 게 큰 위안이다."

"난 그렇게 믿음직스런 위인이 못되는데."

"네가 믿음직스러워서가 아니라 모든 것을 감싸고 묻어주는 어둠의 힘인지도 몰라."

"진실을 은폐시키는 어둠이 칭송 받고 있군."

"안식이 있어야 생성이 있지. 어둠은, 번잡한 것을 모두 덮어 버린다. 풍뎅이는 풍뎅이대로, 물방개는 물방개대로, 소리개는 소리개 나름대로 내밀한 시간을 향유케 하는 안식의 장막이 아닐까."

산모퉁이를 돌고 돌부리를 차면서 빨리 걸어야 한다는 중압감을 느꼈지만 우리는 서두르지 않았다. 가로수 자락에 매달려 있던 물방울들이 간간이 몰아치는 바람에 후드득 떨어지고 포플러 잎사귀들끼리 얼굴 부비는 소리가 와삭와삭 들려온다. 군데군데 무덤이 있었지만 무섭다는 생각은 끼어들 틈이 없다. 그녀가 절룩거리며 걷는 게 조금은 미안하고 안쓰럽다. 문명의 소음이 배제된 공간에 알 수 없는 울림만 이명처럼 가득하다.

비만 오지 않았더라면 지금 이 시간까지 들판 곳곳에는 횃불이 보름달처럼 걸리고 탈곡기 소리가 한심한 푸념 따위를 패대기치며 폭죽처럼 밤공기를 흔들 것이다. 울퉁불퉁한 이 길엔 소달구지와 경운기가 바쁘게 볏섬을 실어 나르고 자전거에 술통을 실은 아이들도 사타구니가 벌겋도록 신명나게 페달을 밟으며 지나갈 것이다. 수매를 일찍 끝낸 몇몇 무리는 오랜만에 만져보는 지폐를 주머니에 두둑하게 쑤셔넣고 삼거리 술집을 향해 갈 것이다. 그러나 지금 낯익은 풀벌레 소리 하나 없는 어둠 속을 색깔이 다른 슬픔을 한 보따리씩 머리에 인 낯선 이방인들이 걸어가고 있다.

무책임한 생활에 대한 방치와 유기가 그녀가 묶어버리고자 하는 매듭이리라. 드러내놓고 내보이기에는 부끄러운, 먹을 만큼 먹은 나이에 어울리지 않는 흙장난을 종결하자는 것이겠지.

"그래 무슨 선언이야? 초현실주의 선언이나 초인선언은 아니겠고. 시집이나 확 가버리겠다는 발표인가?"

발끝에 차이는 돌멩이를 주워 아무렇게나 허공에 던지는 투로 그녀에게 말을 건넸다.

"결혼은 예술이 아니라 상식이라고 하데. 지나친 속물일까? 서로가 서로에게 보이지 못하는 등이 있듯이 생활인으로서의 역할에 힘겨워한다면…"

아무렇게나 던진 돌멩이가 표적에 따닥 소리를 내며 부딪쳤다. 그것이 다시 튕겨 나와 뇌리에 순간적인 섬광을 일으킨다. 그리고 허술하게 버티던 돌무더기가 일시에 와르르 쏟아져 내리는 소리가 들린다. 밑바닥으로 내동댕이쳐지는 불규칙 진동이다. 포플러 잎사귀에 맺힌 빗방울이 한꺼번에 우산 위로 후두둑 떨어진다. 바윗덩이가 떨어지는 듯 빗방울의 무게를 이기기 힘들어 휘청거린다. 알 수 없는 소란이 사정없이 귓전을 할퀴고 지나간다. 삼거리 주막의 불빛이 난파선의 마지막 남은 등불처럼 보일 때, 겨우 죽어가고 있는 들판 가운데를 지나고 있다는 의식이 돌아왔다.

"이제 차를 타지않겠노라고 떼쓰지 않겠다. 버스가 오는 대로 떠날게. 그 대신 가까운 시기에 '아름나라'에서 만나고 싶다. 지금, 시간 약속할 수 있겠니?"

전신에 한기가 스민다. 그녀의 음성이 차가운 물방울로 발등 위에 부어진다.

"가을걷이가 끝나고 보리씨를 뿌리고 떠날 계획이다. 씨를 뿌려보고 싶다는 소박한 소망이 가상하지 않니? 내가 시도하는 첫 씨뿌림의 흥분을 맞고 싶다."

"더 이상 보채지 않겠다. 틈나는 대로 '아름나라'에서 기다릴게. 겨울이 깊어가는 계절까지만. 한 뼘 넓이라도 자신의 밭에 씨를 뿌리는 흥분이 있길 기도하면서."

"가을비는 한계가 있을 거다. 늦어도 서리가 내리기 전에 보리씨를 뿌릴 수 있을 거라고 했다. 11자가 겹치는 날 쯤 아름나라를 찾아가 볼게. 불필요한 시간 낭비하지 말길."

삼거리에서부터는 포장도로다. 화물트럭도 가끔 스친다. 불빛에 신경을 쓰는 듯 바깥으로 고개를 가끔 내밀며 삼거리 가게 안에서 사내 몇몇이 웅성거린다. 꽤나 지겹게 들어온 날씨에 대한 탄식이 낡은 신문지 조각처럼 바깥까지 펄럭거린다. 버스 불빛이 빗속에 흐느적거리는 곡선을 그리며 다가온다. 사내들이 투덜거리며 가게에서 나온다. 일거리를 찾아다니는 뜨내기 일꾼들인 듯하다.

"돌아갈 일이 걱정이라는 말밖에, 할 말이 없다. 그리고 이것 받아. 작은 상징물이 큰 힘이 되어주길 바란다."

그녀는 손가방에서 조그만 묵주인지 단주인지를 꺼내 내 손에 살며시 쥐어 준다. 천국으로 들어가는 열쇠인가. 아니면 이 세상의 번뇌와 피안의 깨달음이 응축되어 있다고들 믿는 흔적인가. 당혹스럽지만 뿌리치지 못하고 엉겁결에 손아귀에 넣었다.

"전도사 역할까지 맡았나보군. 하느님이든 부처님이든 그런 절벽에 기댈 만큼 아직 탈진하진 않았다. 난 가게에서 소주 몇 잔 마시고 돌아갈 거다. 나는 항상 떠나보내는 자리에 있기만 하는구나. 잘 가."

버스에 오르며 그녀는 싱긋 웃으며 희고 가는 손목을 몇 번 흔든다. 희미한 차내 불빛에 하얀 이를 드러내고 웃으려는 모습 위로 눈가에 반짝이는 물기가 어린다. 불량스럽게 생긴 차장이 난폭하게 문을 쾅당 닫으니 버스는 진저리를 치듯 진한 배기음을 뱉으며 떠난다. 커다란 물체가, 커다란 산맥이, 미등을 가물거리며 멀어져 간다. 등대조차 보이지 않는 밤바다에 나는 작은 섬처럼 한참동안 그 자리에 굳어 있었다.

11이라는 숫자가 그리는 평행선의 의미를 그녀는 알까. 얼마나 지났을까. 갑자기 빗발을 후려치는 바람이 우산을 뒤집는다.

5. 이승의 법칙

사무실 안은 감사에 대비하느라 파시처럼 어수선하다. 몇 해 만에 겪는 일이라 낯선 수족관에 던져진 물고기처럼 허둥댄다. 내부 준비는 물론 고도의 정무적 역량까지 총동원해야하는 근엄한 의식이다. 서류를 완벽하게 갖추는 것은 기본이다. 꼬투리 잡힐만한 불필요한 것은 휴지조각 하나 남기지 않아야 한다. 임원들이 담당해야할 은밀한 임무도 있다. 신 과장이 직원들에게 차근차근 정리할 업무를 일러 준다. 입사동기인 그는 나에게 지시한다는 인상을 주지 않기 위해 늘 조심한다. 비슷한 연배이나 포용력을 발휘하려는 그의 처세가 든든하기도 하고 가끔은 우울하기도 하다. 그러나 목에 칼을 들이밀면서 닦달해대는 이 바닥의 생리는 거역할 수 없다. 절이 싫으면 중이 떠나면 된다느니, 중이 없는 절이 무슨 소용이 있느냐는 말장난은 퇴근길의 술안주에 불과하다.

이건 자체 감사가 아니야. 대충 입 막아 돌려보낼 수 있는 입장이 아니야. 특히 기획실이 걸려들면 회사가 폭삭 무너지는 수가 있어. 언론에서 냄새 맡고 꼬투리를 잡으면 호미는 고사하고 가래로도 막기 힘들어. 정신들 차려. 예외적으로 전무가 부장과 함께 들어와 감사 대비에 만전을 기할 것을 강조한다. 업무에 이골이 난 여직원들도 상기된 표정이다.

"윤형, 어차피 이 바닥에서 굴러먹으려면 선수가 되자. 재주껏 물주 많이 끌어들여서 두둑하게 배부르게 해주는 놈이 공신 노릇 하는 세계 아닌가. 같이 입사해서 계속 진급에 누락되는 모습이 안타깝기도 하고 내가 너무 뺀질뺀질한 놈이 아닌가, 죄책감 같은 것도 들어. 거부하지 않는다면 내가 선이 닿고 있는 굵직한 전주錢主 몇 이어줄까? 이름대면 알 만한 사람들이야."

가끔씩 신 과장은 취기를 빌어 정중하게 말하곤 했다.

"윤형, 하여튼 나는 윤형이 좋아. 내가 갖지 못한 재산을 가진 것 같아. 우습게 들릴지 모르지만 지난 번 인사 개편 때 윤형을 붙잡아 두고자 내가 힘 좀 썼어. 대단한건 아니지만 함께 팀웍을 잘 이룰 것이라고 건의했지. 철판 깔고 몇 년간만 비벼대면 오히려 칼자루를 잡는 수도 있어. 개인적인 친분으로 물주를 확보해서 회사와 함께 주무르다 보면 한통속이 되고 되레 모가지를 틀어쥘 수 있어. 큰 소리 꽝꽝 쳐대는 부장, 전무 따월 종이호랑이로 만들어 버릴 수 있어."

그는 모든 것을 열어놓고 얘기하곤 했다. 그는 솔직함에 뿌듯해했으나 나는 암호 같은 설교가 혐오스러웠다. 나는 풀어놓을 것이 없다. 피곤해하는 모습만 보여줄 뿐이다. 황금 알은 까마득한 우주 속으로 증발해 버렸다. 복류천이라고 믿었던 의식은 찌꺼기가 허옇게 말라버려 폐수 흐르는 개울바닥이 되어 버렸다. 풀어헤쳐 보여줄 것이 없는데 신 과장은 호기심의 꼬챙이로 찔러보곤 한다. 호방함 뒤에 숨겨진 야비함 같은 것이다.

"윤형, 두세 줄만 잡으면 어차피 은밀한 놀음이니 연결이 잘돼. 물론 경쟁회사가 많지만. 윤형의 꿈도 아마 자유인이 되는 것일 거야. 이 나라 월급쟁이들의 로망, 번듯한 빌딩이나 몇 개 소유하고 임대료 받아 즐기면서 사는 것, 나도 그 무리 중에 하나고. 잘만하면 이룰 수 있을 것 같아."

그의 입에서 불쑥 튀어나온 '자유인'이란 용어는 충격이었다. 자유인이 되는 방법에 대한 설명은 금세 우울이 되고 말았다. 게으름뱅이와 자유인은 동의어가 아닐 것이다.

"윤형도 알겠지만 회사가 어디 아줌마들 보따리 싸들고 다니면서 근근이 한 건씩 마련하는 계약으로 유지되는 줄 알아? 어림없지. 그런 코 묻은 돈으로는 벽돌집이나 지을 수 있지. 어디서 잘라오는지 뭉텅뭉텅 맡아주시오하며 들이미는 게 비까번쩍하는 빌딩을 세울 수 있는 저력이야. 세무조사니, 실명제니 하는 것은 다른 나라 얘기지. 이름대면 아, 역시, 아니, 하고 감탄사를 연발할 사람들이 내게 맡긴 것만도 여러 건 돼. 윤형 가슴에 품은 것이 무엇인지 모르나 이 물에 발을 담근 이상 벗어던지고 물장구 쳐봐야 할 게 아니야."

그는 초등학생 조카에게 전쟁터 무용담을 들려주는 불쾌한 모습의 삼촌 같다. 그에 비하면 철늦은 졸업장을 걸치고 이 문턱, 저 문턱을 기웃거린 내게 손 잡아주었던 이 회사에 대해 내가 기여한 것은 별로 없다.

세간을 이리저리 밀어대며 새로 도배하는 것처럼 사무실 안은 어수선하다. 며칠을 밤샘하다시피 했다. 3일째 되는 날, 꽤 늦은 시간이었다. 다른 부서도 늦도록 법석이다. 사장실에서 급히 오라는 전갈이 왔다. 여태 이런 예는 없었다. 서류를 정리하다말고 심란한 기분이 들었다. 신 과장도 상기된 표정으로 멀끔히 바라본다.

"기획실 윤근홉니다."

"아, 그리 앉으세요."

사장은 고참 선장처럼 음성이 묵직하다. 전무와 부장도 배석해 있다. 입사 최종 면접 때 들어와 보고 처음 앉는 자리다.

"아, 윤근호 씨! 자주 만날 기회가 없었군. 채용 결정할 때 인상에 남아서 가끔 생각하곤 했지."

같은 배를 태고 있는 이상 그를 경멸할 필요는 없다. 능글맞고 징그럽다는 느낌을 내색하는 무례도 범해선 안 된다.

"윤근호 씨, 이 사람 알 수 있는지 보세요."

사장 곁에 앉은 부장이 누런 봉투를 뒤적이더니 큼직한 사진을 앞으로 내민다. 작은 사진을 확대한 듯 이목구비가 희미하다.

"글세, 글쎄요…"

단번에 알아볼 수 있는 인물이 아니다. 단정한 정장 차림에 이목구비가 번듯하다. 대답이 시원치 않자 부장이 자세를 고쳐 앉으며,

"윤근호 씨, 명문 KS고등학교 졸업했지요?"

"예, 그렇습니다."

"고등학교 시절 회귀선이라는 문학 동아리에서 활동했지요? 지역에서 엘리트 남녀 고등학생들이 모인 문학 서클이었던가 본데."

이력서에 써넣지도 않은 회귀선이란 단어를 꺼내니 갑자기 손이 저리고 얼굴이 붉어졌다. 선뜻 대답하지 않으니 그는 재차 다그친다.

"예 그렇습니다만…"

"이 사람이 윤근호 씨와 같이, 태양을 중심으로 지구가 도는 회로, 회귀선, 멋지다. 그 서클에서 활동했던 정창규라는 사람입니다."

나는 사진을 바로 잡으며 확인하려는 동작을 취하고 그의 윤곽을 다시 더듬었다. 그들은 나의 표정을 날카롭게 훑는다.

"예 알 것 같습니다."

"이 사람이 요번 감사팀 중에서 기획실을 담당할 재경부 사무관입니다. 이제 윤근호 씨가 할 일이 무엇인지 아시겠지요?"

나는 선뜻 대답을 못했다. 무릎을 치며 힘차고 믿음직한 구호를 기대하고 있다는 생각을 한 것은 한참 후였다. 순발력 없는 나의 한계다.

"젊은 관리 다루기가 가장 힘들어요. 막말로 약빨이 받질 않아요. 윤근호 씨가 회사를 위해서 뭔가 발휘할 때가 되었어요. 들어오기 전에 사장님께서 말씀하셨지만 언젠가 대단한 몫을 할 수 있는 인물로 봤다는 거예요. 윤근호 씨를."

전무는 이야기의 속도를 길게 늘였다가 짧게 끊었다가를 되풀이하면서 말을 이어나간다.

"김 부장, 윤근호 씨가 입사한 지 얼마나 되었지요?"

"예에, 5년 쨉니다."

"저런, 진급할 년한이 지났구먼."

그들은 잠시 속삭이는 소리처럼, 혹은 슬쩍 노출하는 밀담처럼 몇 마디 나눈다.

고등학교 시절 히틀러의 '나의 투쟁'을 애독하노라고 떠벌리고 레드 버틀러를 교활한 놈이라고 빈정거리던 정창규. 그 후 고시공부를 한다는 풍문을 얼핏 들은 것 같다. '회귀선문학회'가 고층빌딩 사무실 안에서 농락당하려는 기미에 하오의 나른함과 가벼운 현기가 겹쳐 어질어질하다.

"가보세요. 김 부장이 구체적인 사항 알려주도록."

부장과 함께 사장실을 나왔다.

"미스터 윤! 뛸 수 있는 기회야. 기획실의 업무야 공공연한 비밀 아냐? 감사도 형식일 뿐이야. 아무리 팔팔한 관리라지만 그가 손댈 수 없는 부분이란 걸 알게 돼. 회사에서는 극히 희박한 만약의 경우를 대비하자는 것이지."

"그런데 도대체 그 친구의 신상을 어떻게 그리 훤히 알 수 있었지요?"

"사람 참! 신상 털기? 어렵지 않아. 기업의 정보망은 정부의 수준을 훨씬 능가해. 국제 경쟁에서 살아남고 이기는 기업이 정부의 낡은 데이터에 의존하고 있는 줄 알아? 국내 분야도 마찬가지야. 정창규의 기본 이력 사항은 물론 취미, 기호식품, 주량, 신발 싸이즈까지 모두 파악하고 있어. 한 가지만 알려줄까? 그 친구가 고등학교 때 문학써클 활동을 했다는 것은 정보에 속하지도 않지만. 그 부서에서 발행하는 간행물에 짧은 글을 썼더구먼. 문학적 정열을 불태웠던 고교 시절이 있었노라고. 그때 함께 활동했던 그리운 얼굴들, 그리운 이름들 운운, 하하하! 치열한 눈빛을 가진 친구, 태양의 중심 같았던 윤근호의 증발을 애석해 하는 구절이 있더군. 자신은 회귀선을 따라 배회하는 위성에 불과했다고. 물량공세, 협박에도 꿈쩍하지 않아서 '신포도야'라고 분개했던 여학생도 있었다고. 윤근호에게 쏠리는 그 여학생의 눈빛을 저주하며 그들이 불행해지기를 부글부글 끓으며 기도했다고. 그 칼럼의 제목은 '참을 수 없는 존재의 부끄러움'이야. 스크랩해두었는데, 보여줄까?"

볼품없이 헝클어지며 살아온 시간들이 어리둥절할 뿐이다.

"처세는 신 과장이 꽤 유능하니까 함께 데리고 잘 활용해."

부장은 신 과장을 잘 데리고 활용하라고 했다. 우울한 대사다. 감사는 일주일 동안 계속될 모양이다. 감사팀이 요구하는 서류를 챙겨서 갖다 내밀고 부장과 신 과장이 머리를 처박고 그들에게 열심히 설명해댔다. 부장실에서 가끔 의도적 고성이 들린다. 어이! 윤근호 씨, 두 번째 서랍에 있는 서류 좀 가져와요. 창규는 의도적으로 사람을 똑 바로 바라보지 않았다. 열심히 서류를 넘기면서 계산기를 두드려대기만 한다. 가끔 서류를 넘기다말고 이마에 흘러내리는 가지런한 머리칼을 쓸어 넘긴다.

"윤 형, 이제 움직여 보자구. 윤 형을 못 알아보는지 일부러 모른 체 하는지 하여튼 빡빡해."

3일째 되는 날 그들이 퇴근하고 나서 신 과장이 말했다. 이쯤해서 어물쩍 넘어가도록 행동개시하라는 오더가 떨어졌다는 것이다. 머리 희끗희끗한 부장이 두 손을 앞으로 단정히 모으고 허리를 굽히며 예, 예, 그건 말입니다를 연발하는 풍경과 선언문을 낭독하듯 쩌렁쩌렁하던 까까머리 창규의 모습이 오버랩으로 뇌리를 스쳐갔다.

"시를 못 쓰는 시인은 시인이 아니야. 어떤 상황에서도 시는 쓸 수 있어. 써야 해. 퇴기처럼 젊은 시절의 영화나 되새김질하면서 늙어가는 시인의 모습이 가장 추해. 죽을 때 죽을 줄 아는 것이 시인의 삶이야. 그런 면에서 요절한 몇몇 시인은 행복해. 시대상황이니 의식의 단절 따위는 나태한 퇴물 시인들이 내뱉는 구호일 뿐이다. 더 쓸 수 없다고 판단되면 나는 표연히 시인 은퇴선언을 할 것이다. 내가 시인이 된다면, 단물이 다 빠진 껌을 하염없이 질겅질겅 씹고 있는 추한 짓거리는 하지 않겠다."

창규의 단호한 주장 앞에 다른 회원들은 주눅이 들거나 피식피식 웃는 것이 고작이었다.

"시적이지 못한 시인의 삶이 있는 것처럼 시인이 아닌 이의 시적인 삶도 있다. 어떤 예술도 삶의 구현에 불과한 것이니까."

"야, 넌 폭삭 삭았다. 그 따위 논리에 충실하자고 우리가 지금 이 문학회에 몸 바치고 있니?"

중국집 구석방에서 배갈을 털어 넣으며 공허한 열정의 심지를 돋우곤 했다. 그러다가 우리는 축 졸업이라는 상표를 붙이고 뿔뿔이 헤어졌다. 우리가 헤어질 무렵, 창규가 핏대를 세우며 지껄였다. 문학은, 자신을 구원하는 차원에서 이웃을 구원하는 차원으로 확대되어야 한다고.

"윤형, 내일 저녁을 D데이로 잡아. 부장이 땀 뻑뻑 흘리는 모습이 민망해서 원! 아직 큰 하자는 발견되지 않았는데 얼굴 없는 고객들 뭉칫돈 건을 냄새 맡고 추궁하면 피차 피곤해. 윤형이 먼저 아는 체 하고 퇴근 때 현관까지 함께 나가기만 하면 다음은 내가 책임질게. 풀코스로 빈틈없이 짜놓았어. 애매하게 만났지만 고교 동창생이 대포 한잔 하자는데 거절하겠어?”

감사가 시작된 지 사흘이 지났지만 먼 도시의 불빛처럼 멀찌감치서 창규를 바라볼 수 있을 뿐이다. 가끔 숙제장을 잔뜩 안고 교무실로 들어서는 중학생처럼 서류를 안고 감사장으로 들어가기는 했으나 창규는 서류에 눈을 박고 혈안이었다. 그의 금빛 안경테가 실내등 불빛을 받아 반짝거리고 짧고 단정한 머리칼만 빛났다.

“나이 먹을 만큼 먹어서 새파란 관리한테 종아리 걷고 서 있을라니 못해먹겠다. 젊어서 고시공부할 생각 한 두 번 안 했던 건 아닌데. 어이, 신 과장, 윤근호 씨, 난 이제 글렀고 자네들은 지금이라도 고시 공부해. 사시든 행시든 이 악물고 덤벼봐. 어휴 힘들어. 음성거래를 캐낼려고 하는 모양인데 그 친구 아직 풋내기야. 캐내봐야 그 친구 힘으론 손 못 대. 그 친구 잔뜩 용써봐야 구름 잡는 짓이야. 지하 경제가 산업의 흥망을 쥐고 있는 기둥이야. 빙산과 같은 통화시장의 구조를 알만할 텐데. 큰 손들 비위 건드려 돈 모두 빼내서 지하실 속에 묻어두면 경제는 마비야 마비. 겁 없이 꼬투리 잡겠다고 땀 흘리는 걸 보면 젖내도 아직 못 벗은 풋내기야. 뺀질한 그 사무관이 시를 썼다고?

시가 뭐야? 난 바지 쟈크 내리고 쉬~이 하는 게 제일 좋아. 암튼 윤근호 니가 멋진 쉬~이 세계를 만들어봐."

회사 앞 술집에서 부장은 넥타이를 풀어 제치며 입에 거품을 품었다.

6. 암호풀이

"무슨 일인지 편한 자세로 얘기해 봅시다. 중년을 바라보는 아낙으로 곳곳에 나이티가 서려 있을 줄 알았는데 별로 변하지는 않았…"

"전화를 걸고 나서 얼마나 후회가 되는지. 하지만 전신을 옥죄는 불안과 한기가 든 것 같은 떨림, 어떻게 가눌 수가 없어서 불쑥 전화기를 들고 말았는데…"

가을비 내리던 을씨년스런 시골 밤길, 낡은 시외버스 뒷꽁무니를 먼 외계로 떠나는 우주선처럼 바라보았던 기억이 아슴푸레 떠올랐다. 그리고 그 후 어떤 전파도 통과할 수 없는 두꺼운 벽이 우리 사이를 막아 버렸다. 그녀로부터 어떤 교신도 없었고 나 또한 신호를 보내지 않았다. 단지 그녀가 세속적 요구에 시달리지 않고 늠름한 생활인이, 어진 아낙이 되어 있으리라는 허망한 짐작뿐이었다. 그녀의 존재를 어린 시절 소중히 간직했던 구슬이며 딱지, 병뚜껑, 사금파리 따위와 같은 무게로 던져버리고자 했다. 어느 날 아침 불쑥 자라버린 성기의 거웃을 보며 보물 상자를 쓰레기더미에 던져버리듯이.

이미 다른 색깔로 굳어버린 매듭을 어떻게 풀어야할 지 낯선 시간 위에서 바동거렸다. 벽장 속에 팽개쳐 둔 먼지 자욱한 보따리를 들쑤시며 무언가를 찾으려는 무모한 작업이었다. 그리고 뺀질뺀질한 보험맨으로 변모한 모습으로 그녀 앞에 서 있다는 것은 견디기 힘든 고문이다.

"이렇게 달려와 준 것만도 큰 고마움이다. 아무 것도, 지금은 묻지 마. 만신창이 육신 쉬고 싶은 마음 뿐. 파도에 밀려다닌 난파선 조각이 밀리고 밀려서 여기 닿았어."

산맥 같던 백의의 천사가 젖은 낙엽으로 몰락해버린 사정을 억측하며 여러 개피의 담배를 바꿔 물었다. 사업 실패로 인한 가정 파탄, 혹은 가족의 사고, 하루아침에 잿더미로 변한 보금자리, 남편과의 성격대립으로 인한 격렬한 다툼, 혹은 가끔 사회면을 장식하는 가정파괴범에 의한 폐허. 상정해 볼 수 있는 상황들이 번갈아 바뀌며 머리를 어지럽힌다. 고개를 숙이고 있는 그녀를 바라보며 꺼낼 수 있는 말의 색깔을 고르며 오래오래 앉아 있었다. 거의 자정이 가까워졌는지 도로를 질주하는 차 소리가 요란하다. 우람한 체격의 덤프트럭이 신경질적으로 경적을 울리며 달린다. 순간 신 과장의 얼굴이 스친다. 대머리 부장이 씩씩거리는 모습도 스친다. 전화라도 해주는 건 데. 오늘 저녁에 D데이 음모를 치르기로 했는데. 자동차들이 뱉는 배기가스가 풀풀 허공에 사라지듯 때늦은 허망함이다.

"좀 쉬어야할 필요가 있는 것 같은데… 집으로 갑시다. 그게 지금 가장 타당한 방법일 것 같은데."

그녀는 대답이 없다. 같은 말을 반복했다. 불편과 어색함이 뒤엉켜 말투가 경어체와 평어체를 오가며 갈팡질팡한다. 그녀는 지친 걸음으로 조용히 따라 나왔다. 음습한 숙박시설이 주는 불쾌감보단 나의 둥지가 나을 것이다.

"도대체 누굴까. 장난치곤 너무 진지한데…"

거실바닥을 서성이며 화제가 궁색한 난감함을 내색치 않으려 엉뚱한 전화에 관심을 모으려했다. 거실 유리창 너머로 아득히 보이는 아파트 아래에는 보금자리를 찾아드는 자동차 몇 대가 바퀴벌레처럼 엉금엉금 기면서 주차장에 꽁무니를 밀어 넣고 있다. 그녀는 바닥에 앉은 채 소파에 머리를 묻고 엎드린 자세다. 우유 두 잔을 따라 한 잔을 내밀었다. 그녀는 손을 떨며 겨우 받아서 바닥에 놓아버린다.

"어떤 상황인지 짐작할 수 없네. 힘을 내라는 허망한 말밖에. 기운 차리고 어린 시절 보았던, 산발한 채 골목을 누비던 금달래, 옥녀처럼 허연 이를 드러내고 히히 웃어보자."

"미치광이가 될 수 있다는 것도 축복이야. 닳고 닳은 영혼들은 미치지도 못해. 신의 노여움은 그런 빈 공간을 남겨 두질 않아. 사탄의 종이 되는 것조차 허락치 않는 철저한 노여움이지."

그녀는 소파에 엎드린 채 고개를 돌려 식어가는 목소리로 띄엄띄엄 말을 잇는다.

"생판 모르는 사람인데 무척 신나는 투로 지껄이네. 난 기억 못하는데 잠간 상담했던 사람인가 봐. 의미 없이 건네준 명함 쪼가리로 장난치네. 암튼 재미있다. 우리도 한 번 해볼까?"

어처구니없는 제의다. 이 분위기에 어울리지 않는 맹랑함이다. 그러면서 미지의 사내가 늘어놓은 '개' 어쩌구 하는 사연을 들려주었다. 그런데 그녀는 가는 손가락으로 머리칼을 쓸어 올리며 고개를 든다. 희미한 미소가 얼핏 입가에 어린다. 캄캄한 어둠 가운데 순간적으로 언뜻 비친 섬광이다.

"생각나는 대로 내가 먼저 말해 볼 테니 더 이상 잇질 못하면 네가 말해봐."

어지럽게 칠한 낙서장을 찢어버리고 새 백지 위에 낙서를 시작하는 가벼운 신선함이었다.

"음−. '개'라는 접두어로 말놀이를 했으니… 그 반대 의미의 접두사로 놀이를 해볼까."

언어를 팽개쳐 버린 지가 언제인지 기억조차 없다. 말의 유희를 벌이고자 판을 펼치는 게 쉽지 않았다. 한참 동안 그녀의 표정을 살펴가며 끙끙댔다. 그것 또한 혼수상태인 환자의 동태를 살피는 것만큼 땀나는 작업이었다.

"음－. '참'이란 접두사로 말놀이를 해볼까. 거짓 아닌 진짜, 참나무, 참기름, 참깨, 참빗, 참개구리, 참외, 참대, 참숯… 그런 대로 꽤 이어지는데. 참말로 내가 생각해도 참신하다."

그녀는 자세를 고쳐 나를 마주 바라보고 세운 무릎 위에 고개를 괴고 앉는다. 나는 학예회 때 힘찬 박수를 받는 아이의 기분이 들며 의기양양해지고 싶다.

"강요하는 기분이 든다. 결국 '참'도 '개'와 같은 선상에 놓고 싶다. 네 생각은 어때?"

대답 대신 그녀의 입가에 번지는 희미한 미소가 조금 더 선명해진다.

"다음 네가 한 번 해봐."

"공상, 공술, 공짜, 공수표, 공수래공수거…"

그녀는 낮은 목소리로 띄엄띄엄 이어 나간다. 물에 빠진 의식불명의 작은 새가 툇마루 위 양지쪽에서 조금씩 날개를 파닥이며 생기를 찾아가고 있는 순간이다.

"왜 하필 공空이야. 다음 내가 이어볼까. 거대한 것, 과대지향의 현대인, 점점 작아지는 자신을 보상하고픈 가련한 몸부림, 커다란 우상 속에 숨어버리고자 하는 노력, 왕거미, 왕모래, 왕눈이, 왕방울, 왕가시나무, 왕새우, 왕게, 왕골, 왕대, 왕잠자리,

왕바랭이, 왕버마재비, 왕땡."

"맨손, 맨발, 맨살, 맨몸뚱이."

"짓밟다, 짓이기다, 짓뭉개다, 짓찧다."

"덧버선, 덧신, 덧니."

"애숭이, 애호박."

할머니 무릎을 베고 끝없이 이어지는 옛이야기를 듣던 유년의 뜰을 우리는 부질없이 거닐고 있다. 이마 위에 흘러내린 몇 가닥 머리칼, 조금씩 생기가 보이는 눈동자에 옅은 물기가 어린다. 엉뚱한 흙장난에 정신을 쏟게 하려는 소년의 안간힘이 애처로워 보였는지. 잠깐이나마 모든 것을 잊게 해주었던 말놀이는 입안을 겨우 적셔 주는 물 한 모금에 불과했다. 입안이 타들어가는 갈증과 나락으로 추락하는 쓸쓸함이 우리가 두 손을 쳐들고 버텨야 하는 이 순간의 무게였다. 영원히 돌기둥을 머리에 이고 버티어야하는 아틀라스의 참혹한 표정이 지금 우리의 것일까. 창밖을 보니 건너편 아파트는 불빛이 모두 꺼진 채 거대한 몸집의 중생대 파충류처럼 버티고 있다. 숱한 생명들이 생명들 위에 포개어져 잠들어 있을 것이다. 머리 위에 또 머리, 서로 섞갈리게 걸쳐져 있는 열다섯 개피의 다리들, 비슷한 간격으로 벌렁거리는 열다섯 겹의 배들, 그러나 우리는 지금 그 행렬에 끼지 못하고 힘겹게 쪼그리고 앉아 있다. 그녀의 얼굴에는 수막 같은 핼쑥함이 자욱하다. 간간이 들리는 숨소리조차 힘겨운 노력인 듯하다. 그녀는 이제 거대한 산맥으로 버티고 서서 칭얼대는 아이를 꾸짖고 어르던 따뜻한 손을 가진 누이의 모습이 아니다. 날개 짓 하지 못하고 처마 밑에 떨어진 새새끼다.

　말장난이 시들해지자 그녀는 다시 고개를 떨구었다. 나는 흘러내리는 그녀의 머리칼과 야윈 어깨를 바라보고만 있다. 알 수 없는 이명만 귓전을 어지럽힌다. 시간이 얼마나 지났을까. 임산부의 순간적인 구토처럼 가슴 밑바닥에서 무엇인가 소용돌이치며 벌컥 치민다. 나는 알 수 없는 관성에 떠밀려 그녀를 와락 껴안았다. 껴안지 않으면 잿조각 되어 폭삭 사그라질 것 같은 불안이 순간적으로 터져버렸다. 그것은 갑자기 급류에 휩쓸려 떠내려가는 소중한 장난감을 잡으려 황급히 물속으로 뛰어드는 아이의 순간적인 충동 같은 것이다. 그녀의 차가운 육신은 작은 저항마저 망각한 채 어깨를 내 가슴에 묻는다. 내 몸에 남아있는 어떤 색깔의 체온이든 따뜻함이 그녀에게 옮겨지길 바랐다. 더욱 힘주어 그녀를 부둥켜안으며 힘을 내라고, 용기를 내라는 희멀건 몇 마디 말을 겨우 건넸다. 그녀는 조금씩 어깨를 들썩거리며 어린 갈매기처럼 끄륵거렸다. 얼굴을 파묻고 있는 내 앞가슴이 뜨듯하게 젖는다. 그러면서 그녀는 약물에 중독된 물고기가 간신히 지느러미를 저어 유영하는 것 같은 동작으로 조금씩 팔을 움직여 나를 껴안으며 품안으로 파고든다.

"신의 시험인지… 아니야, 노여움이야. 3년간 버틴 병원생활을 접고 그동안 수녀원에 있었다. 기껏 5년. 신의 종이 되고자 각오한 건 너를 만나기 훨씬 이전, 어린 시절이었다. 신의 부름을 받고 주어진 사명을 잘 해낼 수 있으리라 생각했는데… 시험을 이겨내지 못하고 이렇게 던져져 버렸다. 일주일 전에 수녀원에서 나왔다. 구원의 옷자락 끄트머리조차 보질 못하고 여기 이렇게 쓰러져 있다. 인간에게 충실하지 못한 것이 신에게 충실하겠다고 덤벼든 과신이 잘못이었다. '우리는 우리의 자유와 기억과 의지를 바칩니다'라고 했던 입소선서의 잉크도 마르지 않았겠지. 자신에 대한 불충실함. 깨달아야 할 대상은 결국 자기 자신인데. 너를 향한 행태들은 나의 교만이었다. 너에게 묵주를 건네주면서도 나는 자신을 속이고 있었다. 남을 속일 수는 있지만 자기 자신과 신을 속을 수는 없었다. 깨달음의 대상은 자신, 나 자신. 누가 대신해줄 수 있는 것이 아니지."

정신을 차리지 못할 정도로 짧은 순간에 뒤바뀌고 겹쳐지는 화면에 나는 허겁지겁 그 장면들을 챙기느라 허우적거렸다. 그것은 순서대로 연결되는 파노라마 화면이 아니었다. 눈과 귀를 후려치며 정신 차릴 수 없는 찢어지고 뭉개진 화면이었다.

송글송글 맺히는 땀이 눈자위와 목 언저리를 간지럽게 할 때쯤, 나는 어떤 언어도 작동할 수 없는 한계가 이런 것인가를 겨우 생각할 수 있었다. 그리고 지금 내가 할 수 있는 일은 온 힘을 다해서 그녀를 껴안는 것이었다.

　그녀는 뇌전증 환자의 경련처럼 전신을 떨며 결국 오열을 터뜨리고 말았다. 그녀의 경련이 멎을 때까지, 뜨겁게 적셔오는 오열이 그칠 때까지 나는 힘주어 그녀를 안았다. 그녀도 야윈 몸에서 그런 힘이 어떻게 나올까 싶을 정도로 나를 꼭꼭 껴안는다. 소파에 기대어 앉은 불편한 자세 따위는 아랑곳할 게 못된다. 바깥이 어슴푸레 밝아오고 자동차의 경적소리가 새벽의 정적을 난폭하게 깨뜨릴 때까지 우리는 그 자세 그대로였다.

　15층에선 소리를 내지 못하고 흘러내리는 비, 비가 그쳤다. 물이 될 수 없는 비가 그쳤다. 누군가에게는 물이 되고 연못이 되겠지. 아파트 아래에는 사람들의 걸음걸이가 부산하다. 보금자리를 찾아들었던 승용차들도 잽싼 몸짓으로 날개를 퍼득이며 둥지를 떠나는 새처럼 빠져 나간다. 그녀는 얼굴을 묻고 살포시 잠이 든 듯하다. 조심스런 동작으로 그녀를 안아서 안방에 뉘었다. 입안이 몹시 껄끄럽다. 냉수를 한 컵 마셨다. 창 밖으로 까마득하게 내려다보이는 건너편 아파트 입구에서 사정없이 사람들을 토해내고 있다. 거실바닥에 퍼질러 앉은 전화기가 보인다. 날선 발톱을 세우며 쉴 새 없이 못살게 구는 작은 악마다. 전화선의 연결 부분을 빼버렸다. 그리고는 방석 두 장을 접어 머리에 베고 누웠다. 몽둥이로 난타당한 듯 전신이 욱신거린다. 잠을 자는 것이 지금 할 수 있는 일 중 꽤 괜찮은 것이라는 생각이 들었다.

잠결에 초인종이 허둥대며 계속 울리는 것을 들었다. 땡똥, 땡똥, 땡똥! 쾅, 쾅, 쾅, 쾅쾅! 아파트 철문을 치는 소리도 섞여 있다.

"계세요? 안에 계세요?"

눈을 비비며 허리를 비틀었다. 경비원의 목소리인 듯하다. 문을 부술 기세다.

"누구세요?"

퉁퉁 부운 모습으로 눈을 비비며 문을 열었다. 경비원과 신 과장 그리고 비서실 직원, 모두 셋이었다.

"안에 계셨구먼요. 무슨 사고라도…"

신 과장은 경비원이 말을 맺기도 전에 대뜸 폭언이다.

"회사 안이 지금 북새통인데 도대체 뭘 하는 거야. 개새끼야!"

박새가 부리를 털 듯 머리를 몇 번 흔들었다. 고개를 돌려 벽시계를 보니 오후 2시다. 평소의 신 과장답지 않게 마구잡이로 집어던지는 폭언 앞에 나는 대꾸할 말을 잃고 문틀을 잡고 굳었다.

"빨리 가. 당신이 가서 해결하도록 해. 회사가 어린이 놀이터인 줄 알아!"

"알겠어. 무슨 일인지 모르지만 가자고. 먼저 내려가서 1층 현관에서 기다려."

"무슨 일인지 모르다니, 뻔뻔하긴, 현관이고 나발이고, 시끄러. 옷 걸치고 나와. 여기서 기다린다."

나는 더 이상 할 말을 잃고 문을 닫았다. 그리고는 거실 바닥에 너부러져 있는 상의를 걸쳤다. 전화기 옆에 놓인 턱없이 비대하기만한 전화번호부 한 장을 픽 찢었다. '급히 나갑니다. 충분한 휴식이 지금 그대에게 가장 소중한 것이오. 냉장고에 음료수, 빵 나부래기가 있소. 곧 돌아오리다.' 사인펜으로 황망히 적어서 문 앞에 놓았다.

그들은 죄인을 체포하여 호송해 가는 형사기동대의 표정이다. 뒷좌석 가운데에 나를 앉게 하고 신 과장과 비서실 직원이 양옆에 앉았다. 팔짱만 꼭 끼지 않았다 뿐이지 나는 금세 차창 밖으로 도주하려는 죄수의 몰골이다. 신 과장은 창 밖을 보며 담배만 뻑뻑 피워댄다. 나 역시 아무 말도 하고 싶지 않다. 어제 저녁 D데이가 어떻고 창규를 녹일 계획이 어떻고, 나는 그 음모의 시각이 임박해서 회사에서 사라져 버렸구나 하는 정도를 겨우 생각해냈다. 감사 나온 관리 접대에 빠져 버렸다고, 하루 결근했다고 이다지 모진 고문의 현장으로 향하고 있는 것은 아닌 듯 했다.

"그렇게 깨끗이 치우라고 일렀는데. 당신 자존심 생각해서 당신 서랍까지는 내가 점검하지 않았던 거야. 감사 나온 새끼들, 우리가 출근도 하기 전인 새벽에 도깨비처럼 쳐들어와 다 뒤져버렸어."

신 과장은 차창 밖으로 얼굴을 둔 채 중얼거렸다.

"이거, 무슨 내용입니까?"

창규는 낱장으로 찢어서 쓰도록 만들어진 메모 용지를 책상 위에 놓고 내게 내민다. 부장과 전무는 서너 걸음 사이를 두고 부동자세로 서 있다. 내 서랍에서 나온 메모 쪽지다.

"낙섭니다."

"낙서라고 잡아떼시면 곤란합니다. 낙서한 종이를 서랍 깊숙이 밀어 넣어 둡니까? 무슨 거래 표십니까?"

"심심해서 끼적거린 겁니다."

"국가 공무원이 낙서 나부랭이 가지고 실랑이할 만큼 한가하지 않아요."

"이 나라 월급쟁이는 낙서도 마음대로 못합니까?"

"내가 이 암호풀이 해볼까요? 그래도 낙서라고 우기실 자신 있습니까?"

그는 먹이를 앞에 두고 요리조리 뜯어보며 침을 흘리는 하이에나 같다. 나는 하릴없이 허연 배때기를 내맡기고 난자당하기만을 기다리는 생선토막에 불과하다. 칼끝으로 여기저기 들쑤시려고 노려보는 그의 눈빛을 보는 순간 나는 억누를 수 없는 감정이 치밀었다. 분노인지, 자학인지도 모를 트림 같은 숯구침이.

"그건 낙서야. 낙서일 수밖에 없어. 이 삵쾡이 같은 새끼야! 정창규! 야이 개자식아, 니가 뭔데 낙서조차 마음대로 못하게 하냐!"

순간적으로 메모용지를 집어 손아귀로 구겨서 창규의 얼굴에 집어던졌다. 거의 동시에 책상을 녀석 앞으로 뒤집어 버렸다. 그리고는 도망치듯 감사장을 빠져나와 1층을 향해 계단을 서너 칸씩 냅다 뛰어내렸다. 등 뒤에서는 야릇한 감탄사들이 폭죽처럼 터졌다.

택시를 타고 집으로 왔다. 열쇠를 찾으려 주머니를 뒤질 필요가 없었다. 손잡이를 돌리니 문이 열린다. 안방 문을 조심스럽게 열었다. 침대가 단정하게 정돈되어 있고 그녀는 없다. 옆방과 화장실, 베란다를 황급히 뒤졌으나 허사다. 스산한 바람만 먼지더미처럼 그윽하다.

………잘 쉬었습니다. 잔잔한 물결에 소용돌이를 일으킨 것, 큰 죄가 되리라 믿습니다. 그러나 시린 겨울날, 그냥 스치고 지나기엔 꺼림칙한 먼 이웃에게 허름한 포대기 한 장 던져준 것 정도로 생각하세요. 예절을 알 만큼 나이를 먹었는데 그냥

이렇게 훌쩍 가버릴 수밖에 없군요. 걱정해주는 그대의 따스한 마음은 날 지켜주는 큰 힘으로 남아있을 겁니다. 무엇을 할까, 어떻게 할까, 그것은 살아보겠다는 의지 다음에 놓일 수 있는 것들이겠지요. 세상에 처음 던져졌을 때와 같은 각오를 해야 한다는 걸 어렴풋이 느낍니다. 그대가 만들고자하는 '황금의 알', 언젠가 세상에 던져질 날이 있겠지요. 그 알을 만져보고 으깨어서 먹어볼 날이 있다면 내게 샘솟는 힘이 될 것입니다. 이렇게 혼자 서서 걸어 나갈 수 있을 정도로 그대가 베풀어준 휴식, 오래 기억할 겁니다. 우리가 만났던 회귀선문학회도 오래 기억할 겁니다. 회귀선에 점점이 박혀 있는 모진 당신의 이름, 철부지 정창규도 지워지지 않네요. 문학을 배반한 나, 객기와 자학을 숭상했던 지난 시간을 참회하며 작은 것에서부터 충실하려 합니다.

자기야말로 자신의 주인이고 자기야말로 자신이 의지할 곳, 어떤 주인이 따로 있을까. 쇠에서 생긴 녹이 쇠를 먹어 들어가듯 자신의 허물 때문에 스스로 지옥으로 걸어가는 것이리라. 이제 내가 혹은 그대가 해야 될 일은 정복한 나라를 버린 왕처럼, 숲속을 다니는 코끼리처럼 홀로 가는 것입니다. 바닥이 얕은 개울물은 소리 내어 흐르지만 큰 강물은 소리 없이 흐릅니다. 이제 우리가 만들어야 할 것은 반쯤 채운 항아리가 아니라 가득 찬 연못일 것입니다. 그리고 남은 일이 있다면 우리의 가슴에 담긴 사랑을 흠집 없이 간직하는 것입니다. 마치 연꽃잎에 물이 묻지 않는 것처럼……

식탁 위에서 발견한 그녀가 남기고 간 언어를 나는 꽃씨 받듯 한 알 한 알 가슴에 받으며 몇 번이고 다시 읽었다.

창밖을 내다보았다. 빽빽하게 들어찬 건물들, 좁은 도랑을 오르내리며 미꾸라지 모양 경적을 울리며 도로를 질주하는 자동차들, 누구를 위하여 경적을 울리나. 서로를 튼튼히 얽어매기에는 너무 가늘어 보이는 전신주에 걸려있는 난잡한 줄들, 그 풍경 위로 희미하게 광활한 밀림이 환시처럼 오버랩 된다. 날랜 말을 타고 날선 검을 휘두르며 달려야할 원시림으로.

지금쯤 창규는 암호를 풀었을까. 암호 너머에 있는 암호는 풀 수 있을까. 어느 고관의 비밀 예치금을 현금으로 환산하니 그 부피가 두 트럭분, 트럭 두 대, 어느 대작의 것은 이 지구를 한 번 도배할 수 있는 넓이, 지구 한 개, 어느 손 큰 사모님의 것을 늘어놓으면 달과 지구를 다섯 번 왕복할 수 있는 길이, 아령 모양 다섯 개, 또 모씨는 그 무게로 압사시킬 수 있는 사람이 50명, 돈더미 아래 방사포 아궁이처럼 가지런히 포개어져 짓눌리고 있는 50개의 머리통 모음.

그 아래 어설프게 스케치한 철암 노인 아니 헤밍웨이의 얼굴. 허연 구레나룻에 둘러싸인 선한 눈빛이 웃고 있다. 웃는 입

262

가에서 노래가 흘러나온다.

'이 푸우웅~지이인 세에에~사아앙~을 만났으니~~~

사는 기 모두 신파여 신파!'

에구! 난 구레나룻이 없다. 기껏 염소수염이다. 세월이 흐르면 염소수염이 자라 구레나룻이 될까. 턱도 없는 희망가다. (*)

작가의 말

길 없는 길, 문 없는 문, 불립문자(不立文字 깨달음은 마음에서 마음으로 전하는 것이므로 말이나 글에 의지하지 않는다), 언어도단(言語道斷 말할 길이 끊어졌다, 어이가 없어서 말하려 해도 말할 수 없음), 요즘 머릿속을 맴도는 말들이다. 불량했던 지구를 질타하듯, 낯설고 두려운 역병시대를 겪으면서 자주 중얼거리는 말들이다.

입이 굳으니 머리가 굳고, 머리가 굳으니 손발도 굳는다. 동물에서 식물로 바뀌는 느낌이다. 말을 하기 싫으니 생각하기 싫고, 생각하기 싫으니 쓰는 것도 싫다. 이러다 미라가 되는 걸까.
신원확인 불가의 미라! 괜찮은 컨셉이다.

향기 없는 꽃이라도 피워보겠다는 저열한 욕망의 산물, 존재의 이유를 위해 긁적거린 허기진 벽보, 거짓 치열로 지순한 치열을 농락한 비루한 지갑, 이 책의 본색이다.
본색을 밝히니 편하다. 편함 속에 묻혀있는 우울, 자조, 후회는 오로지 내몫이다. 애정어린 격려를 기대하는 비열함도 본색의 일부다. 비열한 본색이 우아한 위선보다는 낫다.

구보 씨의 꿈이 나에게 덜컥, 실현되었으면 좋겠다. 매주 벌어지는 기적의 방망이춤에 나도 꽝 얻어맞고 싶다. 살면서 남에게 모진 짓 한 적 없으니 자격은 된다. 완벽한 설계도를 그려놓았으니 당황할 일 없다.

아직도 꿈을 꾸다니? 꿈은 자유다. 착각은 시계 가는 소리, 망상은 해수욕장이지만 꿈은 거룩한 자유다. 불행하게도 자유가 뭔지 꿈이 뭔지 아직도 모르고 있다. 일부러 모른 체하고 싶은 술수에 취해 있다.

강제 단절의 시대, 흔적 한 줌 남긴다.

쾌적한 집필공간, 영혼의 자유센터를 마련해 준 〈대구광역시 행복 북구 문화재단 구수산도서관〉의 김영선 운영본부장님, 김재수 팀장님께 감사드린다. 어리버리한, 2프로 부족한 삼촌을 살뜰하게 보살피는 조카처럼, 많이많이 나를 도와준 서효봉님의 정성, 잊지 않겠다.

2022년 가을, 구수산도서관에서 이 우 상

소설가 구보 씨의 사은파티

초판 1쇄인쇄 2022년 9월 20일
초판 1쇄발행 2022년 9월 22일

저 자 이우상
발행인 박지연
발행처 도서출판 도화
등 록 2013년 11월 19일 제2013-000124호

주 소 서울시 송파구 중대로 34길 9-3
전 화 02) 3012-1030
팩 스 02) 3012-1031
전자우편 dohwa1030@daum.net
인 쇄 유진보라

ISBN ㅣ 979-11-90526-91-3*03810
정가 13,000원

도화道化, fool는
고정적인 질서에 대한 익살맞은 비판자,
고정화된 사고의 틀을 해체한다는 뜻입니다.